A Christmas Carol

크리스마스 캐럴

A Christmas Carol

크리스마스 캐럴

CONTENT

일 년 중 가장 행복하고 즐거운 날,
크리스마스에 일어난 마법 같은 이야기.

"여러 유령님들을 만나지 못했다면
예전 모습을 버리지 못했을 테지만,
이제는 아닙니다. 저에게도 작은 희망이 있기 때문에
이런 환영들을 보여 주신 거잖아요?"

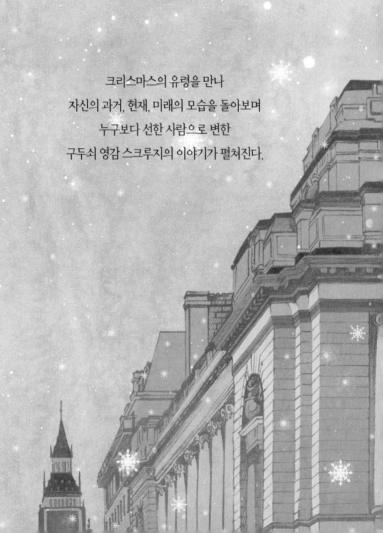

크리스마스의 유령을 만나
자신의 과거, 현재, 미래의 모습을 돌아보며
누구보다 선한 사람으로 변한
구두쇠 영감 스크루지의 이야기가 펼쳐진다.

01
말리의 유령

　이 이야기를 시작하기 전, 말리가 죽었다는 사실을 우선 밝혀 둔다. 누가 뭐래도 그건 분명한 사실이다. 그를 땅에 묻었다는 증명서에 목사와 교회 서기, 장의사 그리고 상주가 서명을 했다. 스크루지도 서명을 했다. 스크루지의 서명은 어느 금전 거래소에서도 통할 만큼 확실한 것이었다. 말리 영감의 육체는 마치 커다란 대갈못처럼 죽어 버렸다. 잠깐! 내 말을 끝까지 들어 보길 바란다. 나는 대갈못과도 같은 죽음에 대해 나의 지식을 잘난 척하고 싶은 게 결코 아니다. 나는 그저 말리 영감의 죽음을 철물점에서도 잘 팔리지 않는 '관에 박는 대못' 정도로 표현하고 싶은 거다. 그러나 우리 조상들의 지혜가 담긴 속담들을 내 하찮은 손으로 바꿀 수는 없지 않은가. 만약 그랬다간 나라꼴이 말이 아니게 되겠지. 그러니까 다시 한 번 말하지만, "말리 영감이 대갈못처럼 죽어 버렸다."는 표현을 강조해서 반복하는 걸 여러분들이 이해해 주길 바란다.

스크루지는 말리 영감이 죽은 사실을 알고 있을까? 물론 알고 있겠지. 어떻게 모를 수가 있겠는가? 스크루지와 말리 영감은 내가 짐작할 수조차 없을 만큼 매우 오랜 세월 동안 함께 사업을 했었다. 스크루지는 말리 영감의 유일한 재산 관리인이자 수령인이며, 단 하나뿐인 친구이자 유족이었다. 그럼에도 스크루지는 말리의 죽음을 전혀 슬퍼하지 않았고, 오히려 훌륭한 영업 기질을 발휘해 장례 비용을 믿을 수 없을 만큼 저렴하게 깎아 버렸다. 말리 영감의 장례식 얘기를 하다 보니 내가 하려던 이야기가 다시 떠올랐다. 이제 말리 영감의 죽음은 의심할 여지가 없다. 이 사실이 분명히 머릿속에서 각인되지 않는다면 지금부터 내가 하는 이야기가 그저 시시한 것으로 들릴 것이다. 만약 우리가 햄릿의 아버지가 죽었다는 사실을 모른 채 연극을 본다면 햄릿의 아버지가 한밤중에 동풍을 맞으며 성벽을 배회하는 장면이, 어느 한 중년 신사가 세인트폴 대성당의 뜰 같은 곳에서 겁쟁이 아들을 깜짝 놀라게 해주려고 갑자기 튀어나오는 것과 다를 바가 없을 것이다. 스크루지는 아직까지 말리 영감의 이름을 사무실 간판에서 없애지 않았다. 말리 영감이 죽고 몇 년이 지났지만 간판은 여전히 '스크루지와 말리 사무실'이다. 가끔 새로 거래를 하려고 찾아오는 사람들이 '스크루지와 스크루지 사무실'이라고 부르거나 또는 드물게 '말리 사무실'로 알고 찾아오지만 어느 쪽이든 스크루지는 똑같이 대답했다. 어차피 스크루지에게는 둘 다 똑같은 거니까. 아! 그런데 스크루지는 맷돌 손잡이를 꽉 움켜잡은 손아귀처럼 잡은 돈은 절대로 놓지 않는 구두쇠였다. 스크루지! 그는 남을 쥐어짜고, 등쳐 먹길 좋아했으며, 교활하고 탐욕스럽기가 이루 말할 수 없는 매우 추잡한 늙은이다. 얼마나 냉정한지 쇠망치로 내려쳐도 불똥 하나 튀지 않을 만큼 차가운 인간이다. 또한 바닷가에 홀로 남겨진 굴처럼 좀처럼 자기 속내를 드러내지 않는 음흉한 외톨이다. 내면에 자리 잡고 있는 냉혹함 때문인지 나이가 들수록 생김새도 이상하게 변해 갔다. 날카로운 매부리코, 쭈글쭈글한 뺨, 뻣뻣한 걸음걸이, 벌겋게 충혈된 눈, 파랗게 변해 버린 얇은 입술, 그리고 탐욕스럽기 그지없는 목소리까지. 그의 머리와 눈썹 그리고 턱수염에는 어느새 서리가 살포시 내려앉아 있다. 그는 언제나 냉기를 몰고 다닌다. 삼복더위에도 사무실을 얼려 놓았고, 크리스마스라고 해서 온도를 1도도 올리지 않았다. 바깥 날씨가 덥든지 춥든지 스크루지에겐 아무런 영향을 끼치지 못했다. 아무리 더운 날씨도 그를 따뜻하게 할 수 없었고, 또한 아무리 추운 날씨도 그를 떨게 하지 못했다. 쌩쌩 부는 칼바람도 스크루지보다 매섭지는 않았고, 휘몰아치는 폭설도 그의 집요함에 미치지 못했으며, 쏟아지는 폭우도 그의 집착을 당해 내지 못했다. 아무리 지독한 날씨도 그를 이길 수가 없었다.

지독한 소나기나 눈보라, 우박, 진눈깨비 같은 것들은 딱 한 가지에서만큼은 스크루지를 이길 수 있었다. 그래도 그들은 가끔씩은 후하게 '내려 준다'는 것. 스크루지에게는 절대 있을 수 없는 일이었다.

거리에서는 "스크루지 씨, 안녕하세요? 언제 한번 우리 집에 놀러 오세요!" 하는 사람이 아무도 없었다. 거지들조차도 그에게는 땡전 한 푼 구걸하지 않았으며, 시간을 물어보는 아이들

도, 남자든 여자든 평생 단 한 번이라도 그에게 길을 묻는 사람도 없었다. 심지어 맹인 안내견조차도 스크루지를 알아보는지 길에서 그를 보면 자기 주인을 문간이나 길모퉁이로 서둘러 피신시키고는 마치 "악마의 눈을 가지는 것보다 차라리 눈이 없는 게 더 나아요, 앞 못 보는 주인님!" 이렇게 말하는 것처럼 꼬리를 흔들었다.

하지만 스크루지가 신경이나 쓸까? 이런 것이야말로 스크루지가 원하는 삶이었다! 복잡한 인생길 사이에서 살아가기 위해서는 다른 사람을 배려하는 동정심 따위는 저 멀리하는 것이, 세상 물정을 좀 안다는 사람들이 말하는 '실속'이라고 여겼다.

일 년 중 가장 기쁜 날인 크리스마스이브, 스크루지는 자신의 회계 사무소에 틀어박혀서 정신없이 일하고 있었다. 그날은 매우 춥고 한산했으며 안개까지 자욱하게 끼어 있었다. 바깥에서는 몸을 녹이려고 두 손을 가슴에 비비거나 발을 동동 구르면서 가쁜 숨을 몰아쉬며 지나는 행인들의 소리가 들렸다. 거리의 시계는 막 세 시가 지났을 뿐이지만 날은 벌써 어둑했다. 사실 하루 종일 그랬다. 근처 사무실들의 창문 틈 사이로 새어 나오는 불빛들이 어두워진 거리를 붉은빛으로 물들이고 있었다.

열쇠 구멍을 비롯해 곳곳의 틈 사이사이로 비집고 들어온 자욱한 안개 때문에 바로 맞은편에 있는 집들조차도 마치 환영처럼 흐릿했다. 모든 것을 덮어 버린, 낮게 깔린 자욱하고 짙은 안개를 보노라면 마치 '자연의 신이 바로 코앞에서 구름을 마구 빚어 내는 건 아닐까' 하는 생각이 들 정도였다.

회계 사무소 안 스크루지의 방문은 살짝 열려 있었는데, 이는 음침하고 닭장같이 좁은 곳에서 웅크리고 앉아 편지를 옮겨 적고 있는 서기를 감시하기 위해 일부러 그런 것인지도 모른다. 스크루지의 난롯불도 매우 보잘것없었지만, 서기의 난롯불은 훨씬 더 보잘것없어서 마치 석탄 한 조각만 사용하고 있는 듯했다. 그러나 스크루지가 석탄 통을 자신의 방에 두었기 때문에 서기는 석탄을 가지러 갈 수 없었다. 부삽을 들고 스크루지 방으로 간다면 틀림없이 스크루지는 다른 직원을 구해야겠다는 둥 하며 트집을 잡을 것이 분명했다. 서기는 흰 목도리로 얼굴을 감싸고 촛불로라도 어떻게든 따뜻하게 해보려고 했지만 워낙 창의력이 부족한 사람이다 보니 큰 도움이 되진 못했다.

"메리 크리스마스, 삼촌! 하느님이 항상 함께 하시기를 축복합니다!"

활기찬 목소리가 들렸다. 스크루지 조카였다. 어찌나 재빠르게 들어왔는지 인사를 건넨 순간 어느새 스크루지 곁에 와 있었다.

"흥! 쓸데없는 소리하고 있네!"

스크루지가 말했다.

꽁꽁 얼어붙은 안개 낀 거리를 어찌나 서둘러 왔는지 스크루지 조카는 온몸에서 열기를 뿜고 있었다. 잘생긴 얼굴은 빨갛게 달아올라 있었고, 눈동자는 빛났으며, 그가 숨을 쉴 때마다 하얀 입김이 뿜어져 나왔다.

"삼촌, 크리스마스가 쓸데없다니요!"

스크루지 조카가 말했다.

"당연히 쓸데없지! 메리 크리스마스라니! 너 같은 놈이 성탄절에 즐거워할 자격이라도 있냐? 거지같이 가난한 놈이 무슨 이유로 즐겁다는 게야?"

"하하하! 삼촌도 참."

조카가 유쾌하게 말을 받아쳤다.

"그러면 삼촌은 무슨 자격으로 그렇게 우울해 하십니까? 삼촌 같은 엄청난 부자가 우울해하실 이유가 대체 뭐죠?"

순간 마땅히 반박할 말이 떠오르질 않자, 스크루지는 다시
"흥! 헛소리 하는군!" 하고 말했다.

"진정하세요, 삼촌."

조카가 말했다.

"어떻게 진정할 수 있겠냐, 멍청이들이 우글거리는 세상에
서 살고 있는데! 메리 크리스마스라니! 망할 메리 크리스마스
다! 너 같은 녀석에게 크리스마스란 버는 건 없는데 빚은 갚아
야 하고, 벌이가 나아지진 않는데도 나이만 한 살 더 먹는 때일
뿐이지. 넌 지금 즐거워할 것이 아니라 장부를 보며 일 년 열두
달 어느 항목에서 적자가 났는지 확인해야 할 시기가 아니냐?
내 마음 같아서는 그냥 확……."

스크루지는 잠시 머뭇거리다가 다시 말했다.

"메리 크리스마스라고 떠들고 다니는 멍청이들을 잡아다가
푸딩과 같이 푹푹 삶아서 나뭇가지를 가슴에 푹 꽂은 채 깊숙
한 곳에 파묻어 버리고 싶구나. 아니 내 반드시 그러고야 말
테다."

"그만하세요, 삼촌!"

조카가 애원하듯 말했다.

"이 녀석아! 너는 그냥 네 방식대로 크리스마스를 기념하도록 해라, 난 내 방식대로 할 테니!"

"크리스마스를 기념하신다고요? 삼촌은 지금껏 크리스마스를 챙긴 적이 없잖아요."

조카가 대꾸했다.

"나 좀 혼자 있게 내버려 둬라. 네놈이나 빌어먹을 크리스마스를 많이 즐기라지. 넌 지금껏 크리스마스 덕을 엄청나게 본 모양이로구나."

스크루지가 말했다.

"덕을 보지 않더라도 세상에는 우리를 가치 있게 만들어 주는 게 참 많잖아요. 크리스마스도 그중 하나고요. 굳이 크리스마스의 신성한 이름이나 유래를 생각지 않더라도 크리스마스가 다가오면 그 시간 자체가 소중하다고 생각해요. 친절과 용서와 자비와 기쁨이 가득한 시기니까요. 일 년이라는 긴 시간 동안 남녀 할 것 없이 닫혔던 마음을 자유롭게 여는 것도 지금이고, 또 자기보다 못한 사람들을 나와는 다른 길을 가는 별종으로 여기지 않고 무덤까지 함께 할 친구로 여기는 것도 지금이에요. 그러니까 삼촌, 지금껏 크리스마스가 단 한 번도 제게 금

화나 은화를 준 적은 없지만, 지금도 앞으로도 저를 행복하게 만들어 줄 거라 믿어요. 그렇기 때문에 저는 이렇게 말할 수 있어요. 메리 크리스마스라고요."

골방에 있던 서기가 자기도 모르게 박수를 쳤다. 하지만 자신이 잘못 끼어들었다는 것을 깨닫고는 괜히 난로를 들쑤시다가 겨우 살아 있던 불씨마저 꺼뜨리고 말았다.

스크루지가 서기를 향해 쏘아붙였다.

"한 번만 더 박수 소리가 들리는 날엔 실업자 신세로 크리스마스를 보내게 해줄 테다."

그리고 다시 조카 쪽을 돌아보았다.

"조카 선생, 대단한 연설이었소. 그런데 그 실력으로 왜 국회의원이 못 되셨을꼬."

"화내지 마세요, 삼촌. 내일, 저희 집에 오셔서 같이 저녁식사라도 해요."

"그래, 나중에 보자."

스크루지는 이렇게 말했다. 놀랍게도 정말 이렇게 말했다. 하지만 그의 말을 끝까지 들어보면 "그래, 나중에 보자. 네가 인생 망하는 꼴을."이라는 말이었다.

"아니, 도대체 왜 그러세요?"

조카가 소리쳤다.

"넌 결혼은 왜 한 거냐?"

스크루지가 말했다.

"사랑했으니까요."

"고작 사랑 때문이라고?"

스크루지는 이 말이 '메리 크리스마스'보다 더 한심한 말이라는 듯 혀를 찼다.

"잘 가라."

"아니, 삼촌! 결혼 전에도 우리 집에는 걸음도 한 번 안 하시더니 이제는 결혼 핑계를 대면서 안 오시려는 거예요?"

"잘 가라고."

스크루지가 말했다.

"저는 삼촌에게 아무것도 바라는 게 없어요. 부탁할 것도 없고요. 그런데 왜 우리는 친구처럼 지낼 수 없는 거죠?"

"가라니까."

스크루지가 말했다.

"이렇게 막무가내로 나오시니 참 섭섭하군요. 아까는 삼촌과 싸우려고 했던 말이 절대로 아니었어요. 그저 크리스마스를 경배하는 마음을 나누고 싶어서 말씀드린 겁니다. 그리고 저는 크리스마스를 끝까지 즐길 거고요. 즐거운 크리스마스 보내세요. 삼촌!"

"잘 가라."

스크루지가 말했다.

"그리고 새해 복 많이 받으세요."

"잘 가."

스크루지가 말했다.

조카는 언짢은 말 한 마디 하지 않고 방을 나왔다. 그리고 현관 앞에 멈춰 서서 서기에게 크리스마스 인사를 했다. 조카의 인사에 상냥하게 답하는 걸 보면 그는 비록 몸은 꽁꽁 얼었지만 마음만은 스크루지보다 따뜻한 사람이었다.

"저기에 멍청한 놈이 하나 더 있었군."

서기의 목소리를 들으며 스크루지가 중얼거렸다.

"일주일에 고작 15실링 벌어서 가족과 먹고사는 주제에 입에서 메리 크리스마스라는 소리가 나오다니……. 내가 저놈들 때문에 정신병원에 누워 있든지 해야겠군."

이 정신병원 환자는 조카를 밖으로 내몰고 손님 둘을 맞이했다. 풍채만큼이나 인상도 좋은 이 두 신사는 그들의 모자를 벗으며 스크루지 사무실로 들어왔다. 그리고 장부와 여러 서류들을 손에 들고는 스크루지에게 머리 숙여 인사를 건넸다.

"여기가 스크루지와 말리 사무실이 맞습니까? 혹시 스크루지 선생님이나 말리 선생님과 대화를 나눌 수 있을까요?"

두 신사 중 하나가 말했다.

"말리 씨는 이미 7년 전에 죽었소. 정확히 7년 전 오늘 밤에 말이오."

스크루지가 대답했다.

그러자 신사는 자신의 신분증을 보여 주며 말했다.

"그렇다면 아직 살아 계신 동업자 분께서 고인의 관대하신 뜻을 잘 이어 주실 것이라 믿어 의심치 않습니다."

확실히 맞는 말이었다. 스크루지와 말리는 확실히 같은 부류의 인간들이었다.

하지만 스크루지는 '관대하신'이라는 단어가 매우 거슬렸기 때문에 이내 인상을 찌푸렸고, 머리를 절레절레 흔들며 신사의 신분증을 돌려주었다.

"지금은 일 년 중 가장 즐거운 날입니다. 이렇게 좋은 날엔 가난하고 굶주린 이웃을 돕는 것이 바람직하고 옳은 일인 줄 압니다. 수천 명의 이웃들이 생필품이 부족해 고생하고 있고, 셀 수도 없을 만큼의 가난한 사람들이 지낼 곳조차 없습니다. 스크루지 선생님!"

"감옥에는 빈 방이 없소?"

스크루지가 말했다.

"있습니다만."

신사가 대답했다.

"그럼 부랑자 수용소는? 거기는 여전히 잘 돌아가고 있을 게 아니오?"

"그렇지 않다고 말씀드리고 싶습니다만, 아직 운영 중이긴 합니다."

"그렇다면 형법이나 빈민 구제법은 제대로 돌아가고 있다는 거구면."

"둘 다 문제는 전혀 없습니다."

"아! 당신이 처음에 하는 말을 듣고 괜한 걱정을 한 것 같군. 그렇게 유용한 시설들에 무슨 문제라도 생긴 줄 알았지. 잘 돌아간다니 이제 안심이오."

"물론 잘 운영되긴 합니다만 저는 기독교인으로서 그런 시설들만으로는 우리의 어려운 이웃에게 몸과 마음을 다해 도와주기가 부족하다는 것을 느꼈습니다. 그래서 저희 몇몇 사람들이 어려운 이웃들에게 고기와 술, 그리고 땔감을 마련하기 위해 모금을 하고 있는 중입니다. 저희가 다른 날보다 크리스마스에 모금 운동을 하기로 결정한 이유는, 이 무렵이 가난한 자들은 빈곤함을, 부유한 자들은 풍요로움을 더욱 절실히 느낄 때라고 생각했기 때문입니다. 자, 선생님 존함을 어떻게 써 드리길 원하십니까?"

"쓰지 마시오."

스크루지가 대답했다.

"익명으로 기부하실 건가요?"

"신사 양반! 아까 내 이름을 어떻게 써주길 원하느냐고 물어서 말인데, 난 '나 좀 내버려 둬.'라고 써주길 바라오. 이것이 내 대답이오. 나는 크리스마스엔 나 스스로도 즐겁지 않거니와 게을러 터진 사람들을 즐겁게 할 여유는 더더욱 없소. 난 이미 아까 말한 시설에 도움을 주고 있으니 그걸로 충분하오. 가난한 자들은 그리로 보내시오."

"거기에 못 가는 사람도 많습니다. 그리고 그곳에 가느니 차라리 죽겠다는 사람도 많고요"

"죽겠다고 한다면 그냥 죽게 내버려 둬. 어차피 쓸데없이 남아도는 인구도 줄일 겸 말이야. 그리고 미안하지만 난 당신들이 무슨 말을 하는지 전혀 모르겠소."

"제가 보기엔 잘 알고 계신 것 같은데요……."

"신경 쓰고 싶지 않소. 사람이 자기 일만 잘하면 될 것이지, 나는 다른 사람까지 신경 쓸 겨를이 없소. 나는 내 일만으로도 벅찬 사람이야. 얼른 가보시게, 신사 양반들."

아무리 애써도 소용없다는 것을 깨달은 두 신사는 순순히 물러났다. 스크루지는 자신의 생각을 마음껏 펼쳤다는 생각에 기분이 매우 좋아져서 다시 일에 몰두했다.

그러는 동안 안개와 어둠이 더욱 짙게 깔렸다. 횃불을 든 사람들이 지나다니는 마차를 밝히려고 이리저리 뛰어다녔다. 항상 스크루지의 사무실을 몰래 훔쳐보던, 낡은 종이 매달린 오래된 교회 탑도 자욱한 안개와 어둠에 가려 더 이상 보이지 않게 되었다. 자욱한 안개 속에서 15분마다 종이 울렸고, 이 소리는 마치 얼어붙은 머리에 이빨이 딱딱 부딪치는 듯한 여운을 남기며 사라져 갔다. 추위는 더욱 거세졌다. 큰길 한 모퉁이에서는 여러 수리공들이 불을 피워 놓고 가스 파이프를 고치고 있었다. 그 모닥불 주위에 모여 누더기를 걸친 어른들과 아이들이 손을 녹이며 황홀한 환상에 빠진 듯 눈을 깜빡였다. 홀로 남겨진 소화전에서 흘러넘친 물이 갑자기 얼어붙으며 매우 기괴한 모양을 이루고 있었다. 호랑가시나무 나뭇가지와 열매들이 쇼윈도에 부딪히며 톡톡톡 소리를 내고 있는 상점에서 쏟아지는 환한 불빛이 지나가는 사람들의 창백한 얼굴을 붉게 물들였다. 식육점과 과일가게에는 많은 사람들로 북적였는데, 먹을거리를 사고팔기보다는 서로에게 농담을 주고받으며 즐거워하는 듯한 모습이 활기찬 야외극을 공연하는 것처럼 보였다. 으리으리한 저택에 사는 시장은 50명이나 되는 요리사와 집사들에게 시장의 권위에 손색없이 크리스마스를 보낼 수 있도록 철저히 준비하라고 지시했다. 지난 월요일 고주망태가 되어 거리에서 행패를 부리다 5실링의 벌금을 물어야 했던 별 볼 일 없는 재봉사조차도 깡마른 아내와 신이 난 아이가 고기를 사러 나간 사이 작은 다락방에 남아 다음 날 가족들이 먹을 푸딩을 열심히 휘저었다.

안개는 점점 짙어지고 날은 더욱 추워졌다. 찬바람에 귀가 떨어져 나갈 듯 뼛속까지 파고드는 추위였다. 아마 자비로운 성 던스턴(불에 달군 부젓가락으로 악마를 쫓아 준다는 대장장이들의 수호신: 옮긴이)이 익숙한 자신의 무기 대신에 이런 매서운 날씨로 악마의 코를 비틀었다 하더라도 충분히 큰소리칠 수 있었을 것이다. 굶주린 개에게 물어뜯긴 뼈다귀처럼, 강추위에 작은 코를 물어뜯긴 것 같은 한 꼬마가 자기 나름대로 스크루지를 즐겁게 해주겠다고 스크루지의 사무실 문 앞에 웅크리고 앉아 열쇠 구멍에 대고 크리스마스 캐럴을 부르기 시작했다.

"하느님께서 신사 같은 그대를 축복하시기를!
그대를 실망시킬 건 아무것도 없어요!"

아이가 첫 소절을 부르기가 무섭게 스크루지는 자를 힘껏 움켜쥐었고, 겁에 질린 꼬마는 잽싸게 달아나 버렸다.

마침내 사무실 문을 닫을 때가 되자 마지못해 스크루지는 의자에서 일어서며 퇴근 시간이 됐음을 인정했다. 골방에 처박혀이 시간만을 기다리며 일하던 서기도 잽싸게 촛불을 끄고 모자를 챙겼다.

"자네는 내일 출근 안 하고 하루 종일 쉬고 싶겠지?"

스크루지가 물었다.

"사장님만 괜찮다고 하시면 그러고 싶습니다."

"사실 나는 전혀 괜찮지도 않을 뿐더러 이건 공평하지도 않아. 하지만 자네가 내일 출근하지 않는다고 해서 내가 자네 월급에서 반 크라운을 깎는다면 자네는 분명 억울해할 거야. 그렇지?"

서기는 머쓱하게 살짝 웃었다.

"나는 일하지도 않는 날까지 자네 월급을 다 챙겨 줘야 하는데, 자네는 내가 억울할 거라는 생각은 전혀 안 하겠지."

서기는 그런 날은 일 년에 한 번뿐이라고 조심히 말했다.

"그건 도둑놈 같은 놈들이 12월 25일에 남의 주머니에서 돈을 훔쳐 내려고 만든 날이겠지."

스크루지는 외투 단추를 턱까지 잠그며 말했다.

"그래도 자네는 내일 꼭 쉬고 싶을 테지. 대신 내일모레는 새벽에 출근하게."

서기가 그러겠다고 약속하자 스크루지는 투덜거리며 밖으로 나갔다. 서기는 사무실을 눈 깜짝할 사이에 잠그고, 흰 목도리를 허리 아래로 늘어뜨려 둘렀다. (마치 나는 외투가 없다고 자랑하듯) 그리고 크리스마스를 축하하며 콘힐 언덕에서 미끄럼을 타는 아이들 꽁무니에 붙어 미끄럼을 스무 번이나 타고는 집에서 기다리는 아이들과 장님놀이를 하기 위해 캠든타운에 있는 집으로 잽싸게 달려갔다.

스크루지는 평소와 같이 음침한 선술집에서 외롭게 저녁식사를 한 후, 술집에 있는 온갖 신문들을 모조리 읽고는 은행 장부까지 뒤적거리다가 잠을 자기 위해 집으로 향했다. 스크루지는 오래전에 죽은 동료가 살던 독신자 아파트에 살고 있었다. 음침해 보이는 방들이 다닥다닥 붙어 있는 이 아파트는 골재 더미가 아무렇게나 쌓여 있는 공터에 자리 잡고 있었다. 이곳은 도저히 아파트가 들어설 만한 곳이 아니었다. 아마도 이 아파트가 처음 지어질 때 이 녀석이 다른 건물들과 숨바꼭질을 하다가 길을 잃어버려서 여기 있는 것이라고밖에 생각할 도리가 없었다. 이 아파트는 이제 너무 낡고 음산해서 스크루지 말고는 아무도 살고 있지 않았고, 나머지 방들은 모두 사무실로 세

를 내주고 있었다. 마당이 어찌나 깜깜한지 돌멩이 하나까지
머릿속에 꿰고 있는 스크루지조차 더듬거리며 지나가야 할 정
도였다. 안개와 서리가 스며든 이 아파트의 낡고 시커먼 현관
문은 마치 날씨를 주관하는 신이 슬픔에 잠겨 문간에 눌러앉은
느낌마저 들었다.

　지금부터는 이 현관 문고리에 관한 이야기이다. 이 현관 문
고리는 쓸데없이 크다는 것 말고는 특별할 게 없었다. 스크루
지는 이곳에 살면서 이 문을 항상 봐왔고, 런던의 보통 사람들
(감히 예를 들자면 시의원들, 공무원들, 그리고 런던 시민들까
지 모두 포함해서)처럼 상상력이라고는 찾아볼 수가 없는 사람
이었다. 그리고 조금 전 사무실에서 잠깐 언급한 것을 제외하
고는 스크루지는 7년 전 오늘 오후에 죽은 말리에 대해서는 단
한 번도 생각한 적이 없었다는 것을 다시 한 번 알린다. 그런데
도 열쇠 구멍에 열쇠를 꽂던 스크루지가 문고리를 보면서 어떻
게 말리의 얼굴을 보게 되었는지(그것도 중간에 바뀌는 과정
없이) 혹시 아는 사람이 있으면 설명해 주길 바란다.

　말리의 얼굴! 그것은 깜깜한 어둠 속 마당에 널브러진 물건들
처럼 어둠에 파묻혀 분간할 수 없는 형태도 아니었으며, 어두

운 지하실에 있는 부패한 바닷가재처럼 음산하고 기괴한 빛을 뿜어내고 있었다. 화난 표정도, 험악한 표정도 아니었으며, 유령 같은 이마에 유령 같은 안경을 쓰고는 살아 있을 때와 똑같은 표정으로 스크루지를 바라보고 있었다. 입김인지 뭔지 모를 열기 때문인지는 몰라도 머리카락이 흩날렸고, 미동조차 없이 부릅뜬 두 눈과 핏기 없는 얼굴 때문에 스크루지는 머리카락이 쭈뼛 서는 것 같았다. 그 공포에 사로잡혀 있는 듯한 표정은 얼굴의 한 부분이라기보다는 마치 그 자체로 존재하는 것처럼 보였다.

스크루지가 그 모습을 뚫어지게 쳐다보는 사이 말리의 얼굴은 다시 문고리로 돌아왔다.

스크루지가 난생 처음 겪는 공포에도 전혀 놀라지 않았다면 그것은 거짓말일 것이다. 하지만 스크루지는 엉겁결에 떨어뜨린 열쇠를 다시 움켜쥐고는 문을 힘껏 돌려 집 안으로 들어가 촛불을 켰다.

그는 현관문을 닫기 전 잠깐 멈추어 서서는, 말리의 얼굴이 다시 튀어나올지 모른다는 생각에 마음을 졸이며 조심스럽게 문 쪽을 돌아보았다. 그러나 문고리를 고정하는 나사못 이외에는 아무것도 보이지 않았다. 스크루지는 자신이 한심하다는 듯 "젠장!" 하고 소리치며 문을 쾅 닫았다. 문 닫는 소리가 마치 천둥이 울리듯 온 집 안에 쩌렁쩌렁하게 울려 퍼졌다. 위층의 모든 사무실과 그리고 아래층 포도주 창고의 술통들마다 메아리치는 듯했다. 그러나 이런 메아리 따위에 놀랄 스크루지가 아니었다. 스크루지는 문을 굳게 걸어 잠그고는 복도를 지나 2층으로 터벅터벅 걸어 올라갔다. 이 층계로 말할 것 같으면 낡았지만 마차도 올라갈 정도로 튼튼하면서도, 마치 국회에서 막 통과된 엉성한 악법처럼 쉽게 빠져나갈 수 있을 것처럼 생겼다. 아니 그보다는 장의차를 옆으로 돌리고, 마차 뒷문을 난간으로 향한 채 올라갈 수 있을 정도라고 하는 게 더 정확한 표현일 것이다. 그만큼 스크루지의 층계는 넓고 여유가 있었다. 아마 스크루지가 어둠 속에서 장의 마차를 보았다고 생각한 것도 이 때문인지 모른다. 거리에서 가로등 여러 개를 뽑아서 층계를 비춘다고 해도 계단 몇 개조차 제대로 밝히지 못할 정도인데, 하물며 스크루지가 든 조그만 촛불 하나로는 얼마나 어두웠을지 상상이 갈 것이다. 하지만 스크루지는 그깟 어둠 따위에는 전혀 신경 쓰지 않았다. 깜깜하면 그만큼

돈이 적게 들 것이고, 돈이 적게 드는 일이라면 차라리 어둠이 좋았다. 스크루지는 방마다 돌아다니며 아무 이상 없는지 일일이 확인한 후, 자기 방으로 돌아와 무거운 방문을 확실히 걸어 잠갔다. 그렇게 하지 않고서는 말리의 얼굴이 계속 떠올라서 꺼림칙한 기분을 도저히 떨칠 수가 없었다.

거실, 침실, 창고 모두 평소와 다를 게 없었다. 탁자와 의자 밑에도 아무도 없었다. 벽난로의 희미한 불꽃, 숟가락과 그릇, 벽난로 시렁에 얹어 놓은 작은 죽 냄비도(스크루지는 코감기에 걸려 있었다) 그대로였다. 침대 밑에도, 벽장 속에도 아무도 없었다. 수상한 모습으로 벽에 걸려 있는 잠옷 속에도 아무도 숨어 있지 않았다. 창고도 평소와 다를 게 없었다. 낡아 빠진 벽난로 쇠살, 낡은 신발, 생선 바구니 두 개, 삼발이 세숫대야 받침대 하나, 부지깽이 모두 아무 이상 없었다.

그제야 안심한 스크루지는 평소와는 달리 문을 다시 이중으로 걸어 잠갔다. 이렇게 만반의 대비를 하고서야 스크루지는 넥타이를 벗어던지고 잠옷으로 갈아입고는, 슬리퍼를 신고 잠잘 때 쓰는 모자를 쓰고서 죽이나 몇 술 뜨기 위해 난롯가에 가서 앉았다. 난롯불이 너무 약해서 추운 겨울밤에는 있으나 마나였다.

스크루지는 난로에 바짝 붙어 앉아 몸을 웅크렸다.

이 낡은 벽난로는 오래전 네덜란드 상인이 만든 것인데, 성경의 내용들을 그대로 옮겨 그린 독특한 네덜란드식 타일들이 여기저기 붙어 있었다. 카인과 아벨, 파라오의 딸들, 시바의 여왕, 새털 같은 구름을 타고 하늘에서 내려오는 천사들, 아브라함, 버터 그릇 같은 배를 타고 출항하는 사도들 등 수많은 인물들이 그려져 있었다. 스크루지는 타일 속의 인물들을 유심히 보았다. 바로 그때, 고대 선지자의 지팡이처럼 7년 전 죽은 말리의 얼굴이 홀연히 나타나 모든 것들을 집어삼켜 버렸다. 만약 처음부터 부드러운 타일 표면에 아무것도 그려져 있지 않았더라면 스크루지의 상상력으로 타일마다 말리의 머리가 그려졌을 것이다.

"웃기는군."

스크루지는 투덜거리며 방 안을 왔다 갔다 했다.

한동안 그렇게 이리저리 돌아다니다가 스크루지는 다시 의자에 앉았다. 등받이에 머리를 기대자 벽에 걸린 종이 보였다. 지금은 기억조차 나지 않는 어떠한 이유로 건물 꼭대기에 있는 방과 연락할 때 사용하던 종이었다. 그런데 놀랍게도 말조

차 할 수 없이 오싹한 일이 벌어졌다. 스크루지가 종을 보는 순간 그 종이 흔들리기 시작한 것이다. 처음에는 약하게 흔들려 거의 아무 소리도 들리지 않았지만, 시간이 흐를수록 점차 요란하게 울리기 시작하더니, 급기야는 온 집 안의 종들이 합창하듯 요란하게 울려 댔다. 종이 울린 시간은 기껏해야 30초에서 1분 정도밖에 되지 않았지만, 스크루지에게는 한 시간은 족히 되는 것처럼 느껴졌다. 종들은 시작할 때와 마찬가지로 일제히 멈췄다. 곧 지하실 쪽에서 묵직한 쇠사슬이 달그락거리는 소리가 들렸다. 포도주 상인이 세를 내어 쓰고 있는 지하실에서 누군가가 쇠사슬로 포도주 통을 이리저리 끌고 다니는 듯했다. 문득 스크루지는 유령들이 흉가에서 쇠사슬을 끌고 다닌다는 이야기를 떠올렸다. 쾅! 하고 지하실 문이 열리더니 조금 전 쇠사슬 끄는 소리가 더욱더 요란하게 들리기 시작했다. 어느새 소리는 아래층에서 들리는 것 같더니 계단을 올라와 곧장 스크루지 방으로 향했다.

'어림도 없지. 나는 이딴 거 믿지 않아!'

그러나 그 소리가 육중한 문을 뚫고 방을 가로질러 스크루지 코앞에 닿았을 때, 그의 얼굴은 새파랗게 질리고 말았다. 그 순간, 꺼져 가던 불꽃은 "난 저게 뭔지 알지. 말리의 혼령이야!" 하고 소리치듯 확 피어오르더니 이내 사그라졌다. 아까 본 그 얼굴과 똑같은 얼굴이었다. 평소와 같은 외투와 긴 양말에, 부츠를 신은 말리였다. 부츠의 장식 술, 외투 자락, 그리고 머리카락까지 똑같았다. 말리가 끌고 다니는 쇠사슬은 허리에 감겨 있었다. 마치 긴 꼬리처럼 몸에 감겨 있는 쇠사슬은 (스크루지가 자세히 살펴보니) 돈궤, 열쇠, 자물쇠, 장부, 증서, 쇠로 만든 육중한 지갑 등으로 이루어져 있었다. 말리의 몸은 투명했으나 자세히 들여다보면 외투 등 쪽에 달린 단추 두 개까지 분명히 볼 수 있었다.

스크루지는 남들이 말리를 일컬어 창자 빠진 놈이라고 하는 소리를 자주 들었지만, 지금까지 그렇게 믿어 본 적은 한 번도 없었다. 그렇다. 지금 이 순간까지도 스크루지는 믿지 않고 있었다. 자기 앞에 있는 유령의 차가운 눈에서 섬뜩한 공포를 느꼈으며 유령의 머리와 턱을 감싼 생전 처음 보는 붕대의 주름 하나까지 똑똑히 보였지만 스크루지는 여전히 자신의 눈을 의심했다.

스크루지는 평소처럼 쌀쌀맞고 빈정대는 말투로 말했다.

"웬일이야! 나한테 무슨 볼일이라도 있는 거야?"

"아주 많지!"

틀림없는 말리의 목소리였다.

"당신 누구야?"

"내가 누구였는지 물어봐 주게나."

스크루지는 목소리를 높이며 다시 물었다.

"좋아. 당신은 누구였소? 특이하군. 유령치고는!"

스크루지는 '유령 주제에'라고 말하려다가 '유령치고는' 하고
말을 바꿨다.

"이승에 있을 때 자네 동업자였지. 나는 제이콥 말리라네."

"자네……. 앉을 수 있겠나?"

스크루지는 미심쩍은 표정으로 물었다.

"물론이지."

"그럼 좀 앉아 보게."

스크루지는 정말로 투명한 유령이 의자에 앉을 수 있을지 의
심스러웠을 뿐 아니라, 만약 앉지 못한다면 유령이 어떤 변명
을 늘어놓을지 궁금하기도 했다. 그러나 유령은 맞은편 의자에
능숙하게 앉았다.

"자네는 나를 믿지 않는 것 같군."

유령이 말했다.

"당연하지."

"지금 자네 눈으로 똑똑히 보고도 나의 존재를 믿지 않는
건가?"

"도저히 믿을 수가 없군."

"왜 자기 눈을 의심하는 거지?"

"사람의 눈이란 아주 작은 환경에도 영향을 받지. 속이 조금
만 거북해도 헛것이 보이기 일쑤야. 어쩌면 지금 보고 있는 자
네는 소화되지 않은 고기 한 덩이, 겨자 한 알, 치즈 한 조각,
설익은 감자 한 개일지도 몰라. 자네가 뭐건 간에 지금 자네한
텐 무덤 냄새보다 고깃국 냄새가 더 난단 말이지!"

평소 농담이라곤 전혀 하지 않는 스크루지지만, 유령의 목소
리에 뼛속까지 덜덜 떨리고 있었기 때문에 공포를 억누르려고
몇 마디 재치 있게 말을 하려 했던 것이었다. 계속 자신을 응시
하고 있는 유령의 두 눈을 잠깐이라도 마주 바라보며 말도 없
이 앉아 있다간 미쳐 버릴 것 같았다. 게다가 유령은 알 수 없
는 섬뜩한 지옥의 분위기까지 풍겼다. 꼼짝하지 않고 앉아 있

음에도 불구하고 유령의 머리카락과 옷자락, 장신구들이 마치 오븐에서 피어 나오는 연기처럼 흔들거렸다.

"자네, 이 이쑤시개 보이나?"

스크루지는 불쑥 이렇게 물었다. 일 초만이라도 돌처럼 굳은 유령의 시선을 딴 곳으로 돌리고 싶다는 생각으로 아무 질문이나 던졌다.

"보이네."

유령이 말했다.

"지금 이걸 보고 있지도 않잖아?"

"보지 않아도 보인다네."

"어허! 그럼 난 이 이쑤시개를 삼켜 버리고 내 머릿속에서 만들어 낸 도깨비들한테 남은 생애 동안 내내 시달림이나 당하는 게 낫겠어! 자꾸 허튼수작하지 말라고!"

그러자 유령은 섬뜩한 소리를 내지르며 쇠사슬을 흔들었다. 쇠사슬에서는 무시무시하고 등골이 오싹한 소리가 났다. 기겁한 스크루지는 의자를 꽉 잡았다. 게다가 방 안이 너무 덥다는 듯 감고 있던 붕대를 풀자 유령의 아래턱이 가슴으로 툭 떨어져 버렸다. 스크루지는 심장이 떨어지는 것 같았다. 스크루지는 무릎을 꿇고 깍지 낀 두 손으로 얼굴을 가리며 애걸하듯 말했다.

"무시무시한 혼령이시여, 왜 저를 괴롭히십니까?"

"어리석은 인간아! 이제는 나를 믿느냐, 믿지 않느냐?"

유령이 말했다.

"믿습니다. 그런데 무슨 이유로 인간 세상을 다니시는 것이며, 또한 어떤 이유로 저를 찾아오신 겁니까?"

"세상 누구에게 깃든 영혼이든 자기 주변 사람들 사이로 다녀야 하며, 또한 널리 여행을 해야 하는 법이다. 허나 생전에 그러지 못한 영혼은 죽은 뒤에라도 반드시 그래야 하지. 아! 슬프도다. 세상을 떠돌면서도 그저 지켜만 볼 뿐 함께 할 수 없는 운명이라니! 이승에 있었더라면 함께 보내며 행복하게 지냈을 텐데!"

유령은 다시 쇠사슬을 흔들며 소리를 지르더니, 그림자 같은 두 손을 고통스럽게 비틀었다.

스크루지는 벌벌 떨리는 목소리로 물었다.

"쇠사슬에 묶여 계신데 이유가 무엇입니까?"

"이것은 내가 살아 있을 때 내 스스로 만든 쇠사슬이다. 한 고

리 한 고리씩, 늘려 나갔지. 나는 내 의지로 이것을 허리에 감아 걸치고 다니는 거야. 자네 눈에는 이 모습이 이상하게 보이는가?"

스크루지는 사시나무 떨듯 벌벌 떨었다.

유령은 말을 이었다.

"혹시 자네가 짊어진 쇠사슬은 얼마나 무겁고 긴지 알고 싶지 않은가? 자네의 쇠사슬은 7년 전 크리스마스이브에 이미 내 것과 같은 길이와 무게가 되었다네. 그 이후로도 계속 열심히 만들어 왔으니 지금쯤이면 아마 어마어마한 물건이 되어 있겠군."

스크루지는 자신의 몸에 거대한 쇠사슬이 매여 있는 것만 같아서 발아래 이곳저곳을 훑어보았지만 다행히 아무것도 없었다.

스크루지는 애원했다.

"제이콥! 여보게, 내 친구 제이콥 말리! 좀 더 자세히 이야기해 주겠나? 내가 안심할 수 있게 좀 더 이야기해 줘!"

"더 이상 해줄 말이 없네. 그건 다른 세상의 일이야. 애비니저 스크루지, 자네와는 전혀 다른 삶을 사는 사람들에게, 자네와는 다른 삶을 사는 성직자들에게 전해지는 말이니 나는 더 이상 자네에게 해줄 수 있는 말이 없어. 내게 허락된 시간이 많지 않으니 나는 어디서 쉴 수도, 머물 수도, 지체할 수도 없다네. 내 말을 명심하게나. 살아 있는 동안에 내 영혼은 한 번도 우리 사무실을 벗어난 적이 없어. 그렇기 때문에 지금 내게는 지긋지긋한 여행밖에 남아 있지 않다네."

스크루지는 깊은 생각에 잠길 때마다 바지 주머니에 손을 넣는 버릇이 있었다. 스크루지는 여전히 무릎을 꿇은 채, 눈을 내리깔고 주머니에 손을 넣고는 유령의 말을 되새겨 보았다.

"정말로 기나긴 여행이었겠군, 제이콥."

스크루지는 공손하지만 형식적인 말투로 되물었다.

"긴 여행이라……."

"죽은 지 7년이 지났는데, 그럼 그동안 계속 돌아다닌 건가?"

"그래, 휴식도 없고 평화도 없이 7년 내내 양심의 가책으로 끊임없는 고통에 시달렸지……."

"빠르게 다니나?"

"바람의 날개를 타고 다녔지."

"그럼 7년 동안 안 가본 곳이 없겠군."

이 말을 들은 유령은 다시 울부짖으며 절규하듯 쇠사슬을 잡고 흔들어 댔다. 적막감이 흐르는 한밤중에 이 소리가 어찌나 요란한지 이웃에게 신고를 당할 것만 같았다.

"아! 속박되고, 얽매이고, 쇠사슬에 꼼짝없이 감겨 버린 이 몸! 불멸의 존재들이 영원한 시간 동안 끊임없이 우리에게 베풀어 준 사랑을 이승에서는 제대로 깨닫지도 못한 채 저승으로 떠나야 했다니…… 이 보잘것없는 세상에서 끊임없이 그리스도의 사랑을 베풀어도 턱없이 부족한 시간이었음을 깨닫지 못했다니…… 단 한 번뿐인 인생에서 기회를 놓치고 뒤늦게 땅을 치고 후회해 봐야 소용이 없다는 것을 깨닫지 못했다니…… 아, 내가 그랬어. 내가……"

스크루지는 머뭇거리며 말을 건넸다.

"그래도 자네는 훌륭한 사업가였잖아, 제이콥."

그 말은 유령뿐만 아니라 스크루지 자신에게 하는 말이기도 했다.

그러자 유령은 두 손을 비틀며 소리쳤다.

"사업! 내가 해야 할 사업은 내가 아니라 남을 위한 것이어야 했어. 모든 사람이 함께 더불어 잘 살아갈 수 있는 그런 사업 말이야. 서로 용서하고 위로하며, 내가 가진 것을 남에게 베푸는 일을 해야 했어. 내가 했던 사업들은 내가 해야 했던 일들에 비하면 넓은 바다의 물 한 방울에도 미치지 못하는 것일 뿐이야."

유령은 마치 쇠사슬이 되돌릴 수 없는 일에 대한 원인이라도 되는 듯이 팔을 뻗어 들어 올렸지만 이내 쇠사슬은 다시 내려앉았다.

"나는 한 해 중 이때가 가장 괴롭다네. 나는 왜 이웃의 고통을 외면했을까! 동방박사들을 가난한 자들에게 인도했던 거룩한 별을 왜 보지 못했을까! 그 별이 나를 인도해야 할 만큼 가난한 자들이 없었던 것도 아닐 텐데."

이 말을 들은 스크루지는 매우 당황해서 바들바들 떨기 시작했다.

유령이 외쳤다.

"이제부터 내 말을 명심하게. 이제 내 시간은 다 되었으니."

"내 명심하지. 하지만 너무 가혹하게는 하지 말게. 그렇다고 돌려서 말하지도 말고. 제이콥, 부탁이야."

"어떻게 내가 지금 자네 앞에 나타나게 되었는지는 설명하진 않겠네. 하지만 자네는 볼 수 없었겠지만 나는 하루에 열두 번도 더 자네 곁에 앉아 있었다네."

썩 듣기 좋은 말은 아니었다. 스크루지는 진저리를 치며 이마에 맺힌 식은땀을 닦아 내었다.

"그건 내가 받고 있는 벌 중 하나에 불과하지만 결코 쉬운 일은 아니라네. 내가 오늘 밤 여기에 온 이유는 자네에게 나와 같은 운명에서 벗어날 수 있는 기회와 희망이 있다는 것을 일러 주기 위해서라네. 이건 내가 자네를 위해 준비한 마지막 기회와 희망이야."

"자네는 언제나 좋은 친구였어. 고맙네."

"자네에게 세 유령이 찾아올 걸세."

스크루지의 얼굴빛이 유령만큼이나 어두워졌다.

"그게 자네가 말한 기회와 희망인가, 제이콥?"

"그렇다네."

"음……. 내 생각엔 안 만나는 게 더 좋을 것 같은데."

"그들을 만나지 않는다면 자네는 내가 걸어온 길을 피할 수 없어. 내일 새벽 한 시 종이 울릴 때 첫 번째 유령이 찾아올 거야."

스크루지가 넌지시 물었다.

"제이콥, 그냥 한꺼번에 만나고 끝낼 수는 없겠나?"

"그 다음 날 같은 시간에 두 번째 유령이 찾아올 거야. 그리고 세 번째 유령은 그 다음 날 자정을 알리는 종소리가 멈추면 자네 앞에 나타날 거야. 자, 이제 더 이상 나를 볼 수 없을 걸세. 그리고 자네의 훗날을 위해서 우리가 나눈 대화를 반드시 기억해 두게나."

말을 마친 유령은 처음 나타났던 모습대로 붕대를 집어 들어 자신의 머리에 둘렀다. 유령이 붕대를 머리에 감으면서 내는 날카롭게 부딪치는 이빨 소리를 듣고서야 스크루지는 유령이 무엇을 하고 있는지 알 수 있었다. 스크루지가 용기를 내어 눈을 치켜뜨자 팔에 쇠사슬을 친친 감고서 자신을 내려다보고 있는 신비한 방문객이 눈에 보였다. 유령은 서서히 물러났다. 유령이 한 발 한 발 물러날 때마다 창문이 서서히 올라갔다. 그리고 유령이 창문에 다다랐을 때 창문은 활짝 열려 있었다. 유령은 스크루지에게 다가오라고 손짓을 했다. 스크루지는 순순히 다가갔다. 유령에게 닿을 거리까지 이르자 유령은 더 이상 다가오지 말라는 듯 손바닥을 들어 보였다. 스크루지는 그 자리에 멈춰 섰다.

그것은 복종의 의미이기보다 놀라움과 두려움에서 반사적으로 나온 행동이었다. 유령이 손을 번쩍 들어 올리자, 스크루지의 귀에 허공을 떠다니는 유령들의 신비한 소리가 들려왔다. 비탄과 후회가 뒤섞인, 말로 표현할 수 없을 만큼의 슬픔과 통곡의 소리였다. 말리의 유령은 잠시 그 소리에 귀를 기울이더니 구슬픈 노랫소리를 따라 부르며 쌀쌀한 밤하늘 어둠 속으로 사라져 갔다. 스크루지는 창가로 다가가서 밖을 보았다. 밤하늘은 후회 섞인 울음을 내지르며 이리저리 떠다니는 유령들로 가득했다. 하나같이 말리의 유령처럼 쇠사슬을 감고 있었고, 몇몇은 서로 묶여 있었다. (아마 죄지은 공무원들일 것이다) 어느 유령도 자유롭지 못했다. 그 가운데는 스크루지와 친분이 있는 유령도 있었다. 스크루지는 흰 외투를 입고 발목에 엄청나게 큰 강철 금고를 매달고 있는 늙은 유령과 제법 친한 사이였다. 그 유령은 현관 층계에서 갓난아기를 안고 있는 가련한 여인을 도와주지 못해 매우 구슬프게 울고 있었다. 틀림없이 선한 마음으로 인간들을 돕고 싶지만 더 이상 그럴 만한 능력이 없기 때문에 저리도 구슬프게 울고 있는게 분명했다.

유령들이 안개 속으로 사라져 버렸는지, 아니면 안개가 유령들을 덮어 버렸는지 알 수 없지만 어느새 밤은 스크루지가 집으로 걸어 들어왔을 때와 같은 모습으로 돌아와 있었다. 스크루지는 창문을 닫고 유령이 들어온 문을 살펴보았다. 자신이 해놓았던 것처럼 이중으로 잠긴 채 빗장도 그대로였다. 스크루지는 다시 "내가 제정신이 아니군!" 하고 말하려고 했지만 한마디도 내뱉지 못했다. 조금 전에 겪은 극도의 두려움 때문인지, 갑작스레 몰려온 피로감 때문인지, 유령의 세계를 본 탓인지, 유령의 지루하기 짝이 없는 이야기 때문인지, 아니면 늦은 밤 휴식이 절실히 필요했던 탓인지, 이유가 어찌 됐든 간에 스크루지는 곧바로 침대로 향했고 옷을 입은 채 그대로 곯아떨어지고 말았다.

02
과거의 크리스마스 유령

스크루지가 잠에서 깨어나 주위를 둘러보니 방 안은 투명한 창문과 불투명한 벽을 분간할 수 없을 만큼 사방이 깜깜했다. 스크루지가 눈을 게슴츠레 뜨고서 어둠 속을 꿰뚫어 보려고 안간힘을 쓰고 있을 때 15분마다 규칙적으로 울리는 근처 교회 종이 네 번 울렸다. 스크루지는 시간을 알리는 종소리에 귀를 기울였다. 둔탁한 종소리는 여섯 번, 일곱 번, 여덟 번, 그리고 아홉 번을 넘기더니 꼬박 열두 번이나 울리고서야 멎었다. 열두 시라니! 두 시가 막 지났을 때 잠들었는데, 시계가 맛이 간 게 분명하군. 열두 시라니!

스크루지는 터무니없는 시간을 다시 확인하려고 리피터(소리로 시각을 알려주는 타입의 손목시계를 이르는 말: 옮긴이)의 버튼을 눌렀다. 이마저도 열두 번이 울리더니 멈추었다.

"아니, 이럴 수가 있나! 내가 스무 시간이나 잤단 말이야? 아니면 지금이 낮 열두 신데 태양에 무슨 문제라도 생긴 건가?"

스크루지는 불길한 마음에 침대에서 내려와 어둠 속을 더듬으며 천천히 창가 쪽으로 다가갔다. 서리가 잔뜩 낀 창문을 잠옷으로 문질러 닦고 밖을 내다보았지만 아무것도 보이지 않기는 마찬가지였다. 밖은 안개가 짙게 깔려 있었고, 몹시 추운 날씨라는 것과 이리저리 산만하게 뛰어다니는 사람들이 없다는 것만 알 수 있었다. 만약 어두운 밤이 환한 낮을 밀어내고 세상을 삼켜 버렸다면 아마도 세상에는 엄청난 혼란이 왔을 테지. 스크루지는 마음이 놓였다. 그런 일이 일어났다면 '이 어음에 명시된 금액을 에비니저 스크루지 혹은 그가 지정한 대리인에게 3일 후에 지불할 것'과 같은 이런저런 어음과 많은 종류의 계약서들이 미국 증권(당시 미국 증권은 아무런 가치가 없었다: 옮긴이)처럼 쓸모없는 휴지 조각이 될 것이 뻔했다.

스크루지는 다시 침대로 가서 생각하고 또 생각하고 몇 번이고 생각했지만 도무지 아무것도 알 수 없었다. 생각하면 할수록 머릿속은 혼란스러웠고, 생각하지 않으려고 할수록 자꾸 생각에 빠져들었다. 말리의 유령이 머릿속을 떠나지 않고 자꾸만 괴롭혔다. 곰곰이 생각한 끝에 모두 꿈이었다고 결론을 내리려고 하면 생각은 다시 처음으로 돌아가서 '그게 꿈일까, 생시일까?'로 되돌아가기를 반복했다.

스크루지가 깊은 생각에 잠겨 침대에 누워 있는데 15분을 알리는 교회 종이 세 번 울렸다. 불현듯 한 시가 되면 유령이 찾아올 것이라는 말리의 말이 뇌리를 스쳤다. 스크루지는 한 시가 될 때까지 깨어 있겠노라고 다짐했다. 지금 상황에서 다시 잠드는 것이 자신이 천국에 들어가는 것보다 어려울 것이라는 현명한 판단을 내렸다. 남은 15분이 어찌나 길게 느껴지던지 스크루지는 자기가 깜빡 졸다가 시간을 넘긴 게 아닐까 몇 번이고 의심하며 신경을 곤두세웠다. 마침내 기다리던 종소리가 스크루지의 귓가에 울렸다.

땡!

스크루지는 시간을 세기 시작했다.

"15분."

땡!

"30분."

땡!

"45분."

땡!

"시간이 됐군!"

스크루지는 의기양양하게 말했다.

"뭐야! 아무 일도 없잖아!"

그 말이 끝나기가 무섭게 깊고 둔탁하며, 공허하고 음산한 종소리가 한 번 더 울려 퍼졌다. 별안간 방 안에 불빛이 번쩍하더니 침대 커튼이 젖혀졌다. 정말로 누군가가 침대 커튼을 젖힌 것이다. 발아래 있는 것도 아니고, 등 뒤에 있는 것도 아닌 바로 눈앞에 있는 커튼이었다. 커튼이 젖혀지자 스크루지는 반쯤 누워 있는 상태로, 도저히 인간이라고 생각할 수조차 없는 어떤 방문자와 얼굴을 마주쳤다. 내가 지금 독자 여러분을 대하는 것만큼이나 가까운 거리에서 말이다. 머릿속에서 나는 바로 여러분의 팔꿈치가 닿을 거리에 서 있다.

방문자는 기묘하게 생긴 어린아이의 모습이었다. 아니, 노인의 형상이라고 해도 이상할 것이 없는 모습이었다. 어떤 초자연적인 물체를 통해서 보듯 신기루처럼 아득하게 보인 탓인지 몸은 어린아이처럼 작게 느껴졌다. 나이는 꽤 들었는지 목덜미에서 흘러 내려온 백발이 등까지 덮여 있었으나 얼굴은 주름 하나 없이 매끈했고, 혈색도 붉은빛이 감돌 만큼 매우 좋았다. 몸에 비해서 팔이 몹시 길었으나 근육질이었고, 손도 팔과 마찬가지로 매우 강한 힘을 지닌 것처럼 보였다. 그러나 다리와 발은 매우 가냘파 보였으며, 손과 팔처럼 아무것도 걸치지 않고 있었다. 그는 티 하나 없는 깨끗한 흰옷을 걸치고, 허리에 반짝거리는 띠를 두르고 있었다. 손에는 파랗고 싱싱한 호랑가시나무 가지를 들고 있었다. 유령의 흰옷은 여름에 피는 꽃들로만 장식이 되어 있었기 때문에 겨울을 상징하는 호랑가시나무와 묘한 대조를 이루었다. 가장 신비스러운 점은 유령이 쓰고 있는 관에서 뿜어내는 눈부신 빛이었다. 이 빛 때문에 지금까지 말한 유령의 모든 생김새를 볼 수 있었다. 아마 이 유령은 움직임이 적을 때는 겨드랑이에 끼고 있는 저 커다란 소화기를 모자 대신 쓰고 다닐 것이다.

차츰 안정을 찾은 스크루지가 유령을 찬찬히 살펴보니 더 이상한 점들이 눈에 들어왔다. 유령의 허리띠가 한 번은 이쪽에서 번쩍하고 한 번은 저쪽에서 번쩍하더니 이내 어두워졌다가 다시 밝아지면서 유령의 모습이 바뀌고 있었던 것이다. 팔이 하나가 되었다가 다시 다리가 하나가 되고, 금방 다리가 스무 개가 되나 싶더니 어느새 다리는 두 개가 되고 머리가 없어졌다. 그러다가 갑자기 몸뚱이는 사라져 버리고 머리만 남았다. 떨어져 나간 부분은 짙은 어둠에 가려 전혀 형체를 알아볼 수 없었다. 그러고는 이상하게도, 유령은 다시 원래의 뚜렷하고 선명한 원래 모습으로 되돌아왔다.

스크루지가 물었다.

"선생님께서 오늘 밤에 저를 찾아오신다던 바로 그 유령이십니까?"

"그렇다."

유령의 목소리는 부드럽고 신사적이었다. 그 야릇하고 낮은 목소리는 스크루지의 곁이 아니라 아득히 먼 곳에서 들려오는 듯했다.

"누구, 아니 무슨 유령이십니까?"

"나는 과거의 크리스마스 유령이다."

스크루지는 난쟁이 같은 유령을 물끄러미 바라보았다.

"아주 오래된 과거를 말씀하시는 겁니까?"

"아니, 너의 과거다."

스크루지는 갑자기 왜 그런 생각이 들었는지 몰라도 유령이 겨드랑이에 끼고 있는 모자를 쓴 모습이 보고 싶어졌다. 그래서 유령에게 모자를 한 번만 써보라고 간청했다.

"뭐라고?"

유령이 소리를 질렀다.

"너의 그 세속적인 손으로 내가 주는 빛을 빨리 꺼 버릴 작정이냐? 세상 놈들의 욕망으로 만들어진 이 모자를 몇 해 동안 줄곧 내 머리에 씌워 놓은 인간들 중 하나가 바로 네놈이다. 그런데 그것만으로도 성에 차지 않는단 말이냐!"

스크루지는 최대한 공손하게, 유령의 기분을 상하게 할 생각은 추호도 없었으며, 그동안 살아오며 유령에게 '모자를 씌워 주겠다고' 한 적은 결코 없다고 말했다. 그러고는 용기를 내어 무슨 볼일이 있어 이곳까지 왔는지 물어보았다.

"너의 행복을 위해서 왔다."

유령이 대답했다.

유령의 대답에 스크루지는 매우 감사하다고 말했지만, 사실 마음속으로는 귀찮게 하지 말고 그냥 편하게 잘 수 있게 내버려 두는 편이 더 낫겠다고 생각했다. 유령은 스크루지의 생각을 눈치채기라도 한 듯, 얼른 덧붙였다.

"그렇다면 너의 생각을 고쳐 주지. 각오해라."

유령은 손을 뻗어서 스크루지의 팔을 움켜잡았다.

"일어나라. 같이 갈 곳이 있다."

영하로 뚝 떨어진 바깥 날씨에 이런 잠옷 바람으로 돌아다니다간 심한 감기에 걸릴 게 분명하다고 간청하고 싶었으나 소용없을 듯했다. 스크루지의 팔을 움켜쥔 유령의 손은 마치 어린 소녀의 손처럼 부드러웠으나 저항할 수 없는 어떤 힘이 느껴졌다. 유령은 침대에서 스크루지의 몸을 일으켰다. 유령이 창문 쪽으로 다가가자 스크루지는 유령의 옷자락을 잡고 애원했다.

"전 인간입니다. 바닥으로 떨어질 거예요."

유령은 스크루지의 가슴에 손을 얹었다.

"걱정 마라. 내 손이 닿기만 하면 이보다 높은 곳에서도 안전할 것이다."

그 말이 끝나자마자, 어느새 둘은 벽을 통과해 길 양옆으로 밭이 넓게 펼쳐진 시골길에 서 있었다. 도시는 온데간데없었다. 도시를 뒤덮고 있던 어둠과 안개도 도시와 함께 자취를 감추었고, 눈 쌓인 벌판과 청명하고 쌀쌀한 겨울의 한낮 풍경이 눈앞에 펼쳐졌다.

"아니 세상에! 내 고향이잖아. 내가 어렸을 때 살던 곳이야!"

유령이 부드러운 눈빛으로 스크루지를 바라보았다. 비록 짧은 순간이었지만 유령의 부드러운 시선이 늙은 그의 마음에 그대로 남아 있었다. 스크루지는 공기 속에 스며 있는 수많은 향기들과 함께 까마득하게 잊고 지냈던 수없이 많은 생각들, 그리고 희망과 기쁨과 걱정들이 물씬 밀려드는 것을 느낄 수 있었다.

"네 입술이 떨리는구나. 네 뺨 위에 그건 무엇이냐?"

스크루지는 평소와는 달리 목이 멘 듯한 목소리로 그저 뾰루지가 난 것이라고 적당히 둘러댄 뒤, 자신이 어릴 적 살던 곳으로 데려가 달라고 부탁했다.

"이 길을 기억하느냐?"

스크루지는 한껏 들뜬 목소리로 대답했다.

"당연히 기억하죠! 눈을 감고도 갈 수 있어요."

"오랫동안 잊고 지내서 낯설 법도 한데. 그럼 한번 가보자!"

유령과 함께 길을 걷는 동안 스크루지는 대문 하나하나, 말뚝 하나하나, 심지어 나무 한 그루 한 그루까지도 기억해 냈다. 이윽고 저 멀리 작은 시장이 열리고 있는 마을, 마을로 들어가는 다리와 교회, 마을을 감싸고 있는 강줄기가 보였다. 털이 덥수룩한 망아지가 아이들을 태우고 터벅터벅 걸어왔다. 그 아이들은 농부들이 모는 달구지와 수레에 올라탄 다른 아이들을 향해 즐겁게 소리 질렀다. 아이들은 신나서 서로를 불러 댔다. 드넓은 들판은 아이들의 즐거운 웃음소리로 가득 메워졌고, 그 소리에 상쾌한 공기 속에는 더욱 쾌활함이 넘쳐흘렀다.

"지금 보이는 건 과거의 환영일 뿐이다. 저들은 우리를 보지 못하지."

그 명랑한 여행자들이 점점 가까이 다가왔다. 한 명 한 명 아이들의 얼굴을 보자 스크루지는 그들의 이름이 생생하게 기억났다. 그 아이들을 보면서 왜 그렇게 기뻤을까? 아이들이 스쳐 지나갈 때 차가운 스크루지의 눈에서는 왜 눈물이 났으며, 또 심장은 왜 그렇게 요동을 쳤을까? 아이들이 갈림길에서 헤어지면서 "메리 크리스마스!"라고 하는 작별 인사 소리에 스크루지의 가슴은 왜 기쁨이 차고 넘쳤을까? 스크루지에게 '메리 크리스마스'가 대체 무슨 상관이 있기에! 빌어먹을 크리스마스! 그동안 스크루지가 크리스마스에 무슨 덕을 봤다고!

유령이 말했다.

"학교가 텅 비진 않았군. 친구들에게 따돌림당하는 외톨이 소년이 아직 저기 남아 있구나."

스크루지는 그 소년이 누군지 알고 있다고 말하면서 흐느껴 울기 시작했다.

둘은 큰 시골길을 벗어나 스크루지에게 익숙한 샛길로 들어섰고, 허름한 붉은 벽돌집을 향해 다가갔다. 지붕에는 수탉 모양의 풍향계가 있었고, 그 안에는 작은 종이 달려 있었다. 대저택이었으나 모습은 허름하기 짝이 없었다. 큼지막한 방들은 비어 있었고, 눅눅한 벽에는 이끼가 잔뜩 끼어 있었다. 창문은 여러 장이 깨져 있었고 대문은 내려앉기 직전이었다. 암탉이 꼬꼬댁거리며 닭 울타리를 돌아다녔고 마차를 위한 차고와 마구간에는 잡초만 무성했다. 집 안 어디에서도 예전의 모습을 찾아볼 수가 없었다. 음침한 복도를 지나면서 열린 문을 통해 방들을 들여다보니 그저 넓기만 할 뿐, 변변한 살림살이도 없어

냉기만 감돌았다. 흙냄새가 배어 있는 텅 빈 방들을 보고 있자 니 어쩐지 차린 음식은 없으면서 촛불만 잔뜩 켜놓은 커다란 식탁 같았다.

유령과 스크루지가 복도를 가로질러 집 뒤편으로 가니 문이 하나 있었다. 그들이 다가가자 문이 스르르 열리며 황량하고 음침한 긴 방이 나타났다. 단순하게 생긴 낡고 길쭉한 소나무 의자와 책상이 방 안을 더욱 휑하게 보이도록 했다. 한 외톨이 소년이 희미한 난롯불 옆에서 쓸쓸하게 책을 읽고 있었다. 스 크루지는 책상에 걸터앉아 오랫동안 잊고 지냈던 가엾은 예전 의 자신을 보며 흐느껴 울고 말았다.

항상 들려오던 텅 빈 메아리 소리, 벽 뒤에 숨어 있다가 찍찍 대며 도망가는 쥐 소리, 우중충한 뒷마당에 있는 반쯤 녹슨 배 수관에서 똑똑 떨어지는 물방울 소리, 나뭇잎이 다 떨어진 포 플러 나뭇가지에서 나오는 한숨 소리, 텅 빈 창고 문이 여닫히 면서 내는 덜컹거리는 소리, 난로에서 타닥타닥 장작 타 들어 가는 소리, 이 모든 것이 스크루지의 가슴에 사무쳐 왔고, 그는 하염없이 눈물만 뚝뚝 흘리고 말았다.

유령은 스크루지의 팔을 툭 치며 책을 읽고 있는 꼬마 스크루지의 모습을 보라고 했다. 그때 갑자기 허리춤에 도끼를 차고 장작을 잔뜩 실은 당나귀의 고삐를 잡고 있는 이국적인 옷을 입은 남자가 창밖에 너무나 생생하게 나타났다.

스크루지는 흥분해서 소리쳤다.

"어! 알리바바다! 저건 분명 그 옛날 정직했던 알리바바가 분명해요. 그래요, 이제 알겠어요. 언젠가 크리스마스에 저 외톨이 꼬마가 여기 혼자 남아 있을 때, 처음으로 알리바바가 찾아왔었어요. 바로 저 모습 그대로였지요. 불쌍한 녀석! 발렌타인과 그의 거친 형 오손도 왔었는데. 아, 저기들 들어오는군요. 저기 저 사람 이름이 뭐였더라? 다마스쿠스 성문 앞에서 속옷 바람으로 누워 있는 저 사람 말이에요. 저 사람 안 보여요? 지니가 거꾸로 처박은 술탄의 마부도 있어요. 저기 머리가 처박힌 꼴 좀 보세요! 꼴좋군. 제 주제에 감히 공주님과 결혼할 생각을 해?"

스크루지가 우는 것도 아니고 웃는 것도 아닌 이상한 목소리로 한낱 책 속 등장인물들에 대해 저렇게 열심히 떠들어 대는 것을 들었다면, 저토록 흥분해서 벌겋게 달아오른 얼굴을 보았다면, 아마 그를 아는 런던의 거래처 사람들은 놀라서 나자빠

졌을 것이다.

스크루지가 소리쳤다.

"저기 그 앵무새도 있어요! 초록색 몸통에 노란 꼬리, 머리엔 상추처럼 생긴 걸 달고 있죠. 아, 저기 그 사람도 있군요. 불쌍한 로빈슨 크루소, 로빈슨 크루소가 섬을 일주하고 돌아왔을 때 앵무새가 이렇게 말했어요. '불쌍한 로빈슨 크루소, 어디 갔었어. 로빈슨 크루소?' 그는 자기가 꿈을 꾸고 있다고 생각했지만 사실은 그렇지 않았어요. 앵무새 말을 들어 보면 알잖아요? 아, 저기 프라이데이가 해안에서 죽을힘을 다해 뛰어오는군요! 어이! 이봐! 이것 보라고!"

그는 여느 때와는 완전히 다른 모습으로 어린 시절 자신에 대한 연민으로 감정이 벅차올라서 자신도 모르게 불쑥 중얼거렸다.

"불쌍한 녀석 같으니라고!"

스크루지는 다시 울먹거렸다.

"제가 바랐던 삶은······."

스크루지는 소맷자락으로 얼른 눈물을 닦아 내고 주머니에 손을 집어넣으며 주위를 두리번거렸다.

"하지만 이젠 너무 늦어 버렸어요."

"무엇이 늦었다는 거냐?"

유령이 물었다.

"아무것도 아닙니다. 정말 아무것도 아니에요. 어제저녁 제 사무실 앞에서 크리스마스 캐럴을 부르던 꼬마가 있었어요. 그 녀석에게 자그마한 선물이라도 줄 걸 그랬어요. 그것뿐입니다."

유령은 의미심장한 미소를 지으며 아까와 마찬가지로 손을 흔들며 말했다.

"이제 다른 크리스마스를 보러 가자."

그 말이 끝나자마자 꼬마 스크루지는 부쩍 자라 있었고, 방은 한층 어둡고 지저분해져 있었다. 벽의 판자는 쪼그라들었고, 창문은 깨져 있었으며 천장은 회칠이 벗겨져 목재가 훤히 드러나 보였다. 여러분들이 그렇듯이 스크루지 또한 이 모든 일이 어찌된 영문인지 알 수가 없었다. 단지 이 광경은 스크루지가 기억하고 있는 예전 그 방의 모습이라는 것만은 확실한 사실이었다. 다른 아이들이 즐거운 크리스마스를 보내려고 모두 집으로 돌아가면 스크루지는 또다시 저렇게 혼자 남아 있었다.

이제 스크루지는 책을 읽지 않았고, 방을 이리저리 왔다 갔다 하며 불안해했다. 스크루지는 유령을 바라본 후 절망스럽게 고개를 저으며 간절하게 문을 바라보았다.

그때 문이 열리고 소년보다 어린 소녀가 뛰어 들어오더니 소년의 목을 끌어안고 "오빠, 오빠!" 하며 틈만 나면 볼에다 입을 맞추었다.

"오빠를 집에 데려가려고 왔어."

여자아이는 조그만 손으로 손뼉을 치면서 허리를 굽히고 깔깔대며 웃었다.

"오빠를 집으로 데려가려고 왔어. 얼른 집에 가자! 집으로!"

"팬, 너 지금 집이라고 했니?"

소년은 되물었다.

"맞아! 이제 집으로 아주 가는 거야. 아주 가는 거라고. 아빠가 예전보다 훨씬 덜 무서워지셨어. 이제 집이 꼭 천국 같아! 며칠 전에 내가 잠을 자려고 하는데 아빠가 아주 다정한 목소리로 말씀하시길래 내가 오빠를 집으로 데려오면 안 되냐고 물어봤거든. 그랬더니 아빠가 그래, 그래야지 하시는 거야. 그러곤 오빠를 데려오라며 마차에 태워 나를 보내셨어. 그러니까

이제 오빠도 어른스럽게 굴어야 해!"

여자아이는 눈을 동그랗게 뜨고 말을 이었다.

"이젠 다시 여기 돌아오지 않아도 돼. 하지만 우리가 가장 먼저 할 일은, 크리스마스 내내 함께 지내며 세상에서 가장 신나게 보내는 거야."

소년이 외쳤다.

"이젠 숙녀가 다 됐구나, 팬!"

여자아이는 손뼉을 치며 웃었다. 소녀가 소년의 머리카락을 만지려고 했지만 키가 작아서 닿질 않았다. 그러자 다시 깔깔웃으며 까치발을 들고 오빠를 꼭 껴안았다. 그러더니 마치 떼를 쓰듯이 잡아당기며 소년을 문으로 이끌었다. 소년은 싫은 기색 없이 동생 손에 이끌려 따라나섰다.

복도에서 끔찍한 목소리가 쩌렁쩌렁하게 울려 퍼졌다.

"어서 스크루지 군의 이삿짐을 내가게!"

교장이 복도에 나타나더니, 매우 정중하지만 오싹한 눈빛을 보내며 소년에게 악수를 청했다. 그러더니 교장은 스크루지가 한 번도 본 적 없는, 낡은 우물처럼 음침한 응접실로 그들을 데리고 갔다. 벽에 걸린 지도들과 창가에 놓인 천체본과 지구본은 하나같이 차가운 납빛이었다. 이 방에서 교장은 유별나게 묽은 포도주 한 병과, 벽돌처럼 딱딱한 케이크 한 조각을 내오더니, 아이들에게 성찬을 베푸는 척 유세를 떨었다. 그리고 깡마른 하인을 시켜 이 '특별한' 포도주 한 잔을 마부에게 가져다 주라고 시켰다. 하지만 마부는 신사분의 호의는 감사하지만 지난번에 맛본 것과 같은 것이라면 차라리 마시지 않겠다고 거절했다. 이윽고 마부가 소년 스크루지의 이삿짐을 마차 지붕에 얹어 끈으로 단단히 묶고 나자 두 아이는 교장에게 머리를 숙여 진심 어린 작별 인사를 하고는 마차에 올랐다. 마차는 학교 정원 오솔길을 신나게 달렸다. 빠르게 돌던 바퀴가 짙은 상록수 나뭇잎을 밟고 지나가자 흰 서리와 눈이 물보라처럼 튀었다.

유령이 말했다.

"내가 숨만 쉬어도 날아가 버릴 만큼 아주 연약한 아이였지. 하지만 마음은 아주 넓었어."

"그랬죠. 유령님 말씀이 맞습니다. 그렇지 않다고 하는 사람이 있다면 하느님이 천벌을 내리실 거예요."

"동생은 어른이 되어서 죽었지. 자식이 있는 걸로 아는데."

"하나 있죠."

"맞아, 바로 자네 조카!"

"네."

스크루지는 마음이 편치 않은 듯 짧게 대답했다.

학교를 떠나자마자, 유령과 스크루지는 어느새 복잡한 시내 한복판의 큰길에 서 있었다. 행인들의 환영이 이리저리 돌아다니고 마차와 수레의 환영이 앞다투어 내달리고 있어서, 실제 도시의 소란스러움이 그대로 느껴질 만큼 그 당시 모습이 그대로 재현되고 있었다. 화려하게 장식된 가게들로 보아 이곳 역시 크리스마스 무렵이란 걸 알 수 있었다. 저녁 시간이었고 가로등이 거리를 환하게 밝히고 있었다.

유령이 어느 큰 가게 앞에 멈추더니 스크루지에게 이곳을 아느냐고 물었다.

"당연히 알죠. 제가 일을 배웠던 곳인데 모를 리가 있겠습니까?"

둘은 가게 안으로 들어갔다. 웨일스식 가발을 쓴 노신사가 높은 책상 앞에 앉아 있었다. 책상이 얼마나 높았던지 노인의 키가 5센티만 더 컸더라면 아마 천장에 머리가 닿았을 것이다. 스크루지가 매우 흥분해서 소리쳤다.

"페치위그 영감님이잖아! 세상에 페치위그 영감님이 다시 살아나시다니!"

페치위그 영감은 펜을 내려놓고 시계를 올려다보았다. 시계는 일곱 시를 가리키고 있었다. 페치위그 영감은 손을 비비고는 헐렁한 조끼를 여민 후 발끝부터 머리끝까지 온몸으로 웃어젖혔다. 그러고는 편안하면서도 부드럽고, 우렁차면서도 유쾌한 목소리로 외쳤다.

"여보게들! 에비니저! 딕!"

이제는 청년으로 자란 청년 스크루지가 동료와 함께 부리나케 뛰어 들어왔다.

스크루지가 유령에게 말했다.

"저 친구는 틀림없이 딕 윌킨스예요. 저를 그렇게나 따르던 친구였어요. 오, 가엾은 딕! 가엾은 딕……."

페치위그 영감이 힘차게 박수를 치며 큰 소리로 말했다.

"어이, 자네들! 오늘은 그만 일하게. 딕! 오늘은 크리스마스 이브잖아! 에비니저! 이제 문을 닫자고. 내가 '잭 로빈슨'이라는 알파벳 열 두자를 다 외치기 전까지 마무리해! 자, 서두르자고!"

이 두 청년이 얼마나 잽싸게 일을 해치웠는지 여러분은 아마 믿지 못할 것이다.

하나, 둘, 셋에 덧문을 들어 거리에 내놓았고, 넷, 다섯, 여섯에 덧문을 제자리에 끼우고는 일곱, 여덟, 아홉에 빗장을 지르고 못으로 고정시켰다. 두 청년들은 열둘까지 세기도 전에 경주마처럼 숨을 헐떡이며 돌아왔다.

페치위그 영감은 그 높은 책상에서 날렵하게 뛰어내렸다.

"좋아! 자, 이곳을 깨끗하게 치우고 여기다가 넓은 공간을 만들자고! 서두르자. 딕, 에비니저!"

정말 깨끗이 치워졌다! 페치위그 영감이 지켜보고 있으니 치우지 못할 것도, 치워서는 안 될 것도 없었다. 정말로 눈 깜짝할 사이에 그렇게 되었다. 옮길 수 있는 건 마치 다시는 쓰지 않을 것처럼 모조리 치워졌다. 마루를 깨끗이 쓸고 닦았으며 램프 심지도 깨끗이 손질했고, 난로에는 땔감도 넉넉히 채워 넣었다. 어느새 가게는 겨울밤 누구나 가고 싶어지는 아늑하고, 따뜻하고, 쾌적하고, 환한 무도회장으로 바뀌었다.

악보를 든 악사가 들어와 높다란 책상 쪽으로 다가가더니, 책상을 오케스트라 삼아 환자 50명이 복통을 앓는 듯한 소리를 내며 바이올린을 조율했다. 이어서 함박웃음을 머금은 페치위그 부인이 들어오고, 페치위그 부부의 사랑스런 세 딸이 환하게 웃으며 들어왔다. 뒤이어 그 아가씨들 때문에 애태우는 청년 여섯 명도 따라 들어왔다. 그리고 페치위그 집에서 일하는 모든 젊은 남녀들이 들어왔다. 하녀는 빵 장수 사촌과 함께 들어오고, 요리사는 자기 오빠의 절친한 친구인 우유 배달부와 나란히 들어섰다. 주인에게 빵 한 조각도 제대로 못 얻어먹으며 산다고 소문난 길 건너편의 소년도, 심심하면 자기 여주인에게 귀를 잡혀 뜯긴다는 옆집 하녀 뒤에 숨어 들어왔다. 한 사람, 한 사람씩 모두 들어왔다. 수줍게 들어오는 사람, 당당하게 들어오는 사람, 우아하게 들어오는 사람, 쭈뼛쭈뼛 들어오는 사람, 밀치고 들어오는 사람, 밀려서 들어오는 사람, 그렇게 각양각색의 모습으로 들어왔다. 전부 스무 쌍이었다. 그들은 곧 손을 맞잡고 이리저리 원을 그리며 돌다가, 가운데로 모여들었다가, 다시 밖으로 퍼지며 빙글빙글 돌았다. 무리 지어 표현할 수 있는 멋진 모습은 죄다 연출했다. 선두에 선 커플이 엉뚱한 데에서 꺾어 돌면 새롭게 선두가 된 커플이 다시 춤을 이끌었다. 나중에는 모조리 선두가 되어 뒤따르는 커플은 한 쌍도 없었다.

　그러자 페치위그 영감은 손뼉을 쳐서 춤을 멈추게 하고는 이렇게 외쳤다.

　"좋았어!"

　얼굴이 뜨겁게 달아오른 악사는 얼굴을 흑맥주 통에 담갔다. 그 통은 그럴 목적으로 마련된 것이었다. 그러나 이 정도로 끝내면 안 된다는 듯 춤추는 사람이 하나도 없음에도 불구하고 악사는 다시 바이올린을 연주하기 시작했다. 마치 조금 전까지의 악사는 녹초가 되어 들것에 실려 나가고 자기는 지금 막 도착한 새로운 악사인 것처럼 말이다.

　사람들은 또 춤을 추기 시작했으며 그 후에는 벌칙 게임이 이어졌다. 그리고 다시 춤을 추었다. 케이크와 니거스 술, 큼직한 로스트비프와 삶은 고깃덩이, 거기에 민스파이(밀가루와 버터를 개어 잘게 다진 고기를 넣고 구운 서양식 과자: 옮긴이)와 실컷 마시고도 남을 만큼의 맥주가 줄줄이 나왔다. 하지만 그날 저녁 최고의 순간은 로스트비프와 삶은 고기를 다 먹은 후였다. 악사(이 사람을 주목하시길. 이 친구는 누가 뭐라고 하지 않아도 알아서 그 순간 분위기에 맞는 연주를 딱딱 하는 사람이니 말이다!)

가 '로저 드 커벌리 경'을 연주하자 페치위그 영감과 부인이 춤을 추기 위해 앞으로 나왔다. 이 노부부는 그저 가볍게 즐기는 것이 아니라 열정적으로 춤을 추는 스무 쌍 남짓한 젊은이들 사이에서도 이들을 이끄는 리더가 되어 어려운 곡에 맞추어 춤을 추었다.

파티에 모인 사람들이 이보다 두 배, 아니 네 배가 많았다고 하더라도 페치위그 영감은 얼마든지 그 젊은이들을 상대할 수 있었을 것이고, 페치위그 부인도 마찬가지였을 것이다. 페치위그 부인은 어느 면을 봐도 페치위그 영감과 천생연분이었다. 만일 이 표현보다 더 적절한 표현이 있다면 알려 주길 바란다. 그러면 기꺼이 그 말을 인용할 것이다. 페치위그 영감의 종아리는 광채를 내뿜는 것처럼 느껴질 정도였다. 춤을 출 때마다 종아리가 달빛처럼 빛났다. 사람들은 단 한 순간도 그가 언제 어떤 동작을 할지 예상할 수 없었다. 페치위그 부부는 끝까지 함께 춤을 추었다. 한 사람은 앞으로 나서고 한 사람은 뒤로 물러서서 각각 다른 파트너 앞에 서서 손을 잡은 후 남자는 목례를 하고, 여자는 무릎을 살짝 굽혀 절한 뒤에 나선형으로 돌기도 하고 맞잡은 팔을 들어 옆 커플이 그 아래로 지나가게 하고는 다시 처음 파트너에게 되돌아왔다. 페치위그 영감은 다리로 윙크를 하듯이 가볍게 뛰어올랐다가 사뿐히 내려앉고는 다시 일어섰는데 그 솜씨가 얼마나 현란했던지 전혀 비틀거리지도 않았다.

시계가 열한 시를 가리킬 무렵 무도회가 끝났다. 페치위그 부부는 현관문 양편에 서서 사람들과 일일이 악수를 하며 크리스마스 축하 인사를 나누었다. 두 청년을 빼고 모두가 집으로 돌아가자 페치위그 부부는 이 두 청년에게도 똑같이 축복을 건넸다. 유쾌한 목소리가 모두 사라진 후에 두 청년은 가게 계산대 뒤쪽 아래에 있는 침대로 갔다.

이 장면이 흐르는 내내 스크루지는 넋이 나간 듯했다. 스크루지의 마음과 영혼은 온통 그 시절의 자신과 함께 하고 있었다. 모든 것들을 기억하고 확인했으며, 모든 순간들을 즐기며 아주 낯설고 신선한 흥분을 찬찬히 경험했다. 과거의 자신과 딕의 환한 얼굴이 사라지고 나서야 스크루지는 비로소 자기 곁에 유령이 있으며, 자신을 바라보는 그 유령의 머리에서 환한 빛이 뿜어져 나온다는 것도 깨달았다.

유령이 말했다.

"사소한 걸로 무지한 사람들을 홀렸군."

"사소하다니요?"

유령은 스크루지에게 두 청년의 대화를 들어보라고 손짓했다. 그들은 페치위그 영감에게 진심으로 고마워했다. 스크루지가 그들의 대화에 귀를 기울이자 유령이 다시 말했다.

"그렇지 않은가? 페치위그 영감은 너희들을 위해서 고작 몇 파운드만 썼을 뿐이야. 기껏해야 서너 파운드쯤 되겠지. 고작 그만한 돈이 이렇게 칭송받을 만한 일이라고 생각하나?"

그 말에 발끈한 스크루지는 그 시절의 자신과 같은 마음으로 돌아갔다.

"절대 그런 게 아닙니다. 유령님. 페치위그 영감님은 우리들을 행복하게도 불행하게도 할 수 있었습니다. 우리 일을 덜어줄 수도 있고 혹은 힘들게 해서 괴롭힐 수도 있었지요. 말이나 표정에서 그분의 힘이 이렇게 잘 드러나는데, 물질적으로 사소하고 대단치 않은 게 뭐 어떻습니까? 그분이 주는 행복은 돈으로는 살 수 없는 매우 귀중한 겁니다."

스크루지는 유령의 시선을 느끼고, 말을 멈추었다.

유령이 물었다.

"왜 그러느냐?"

"아무것도 아닙니다."

"무슨 문제가 있어 보이는데?"

"아닙니다. 그저 제 직원에게도 따뜻한 말 한두 마디라도 건넸다면 얼마나 좋았을까 하는 생각이 들었습니다. 그뿐입니다."

스크루지가 자신의 작은 소원을 말하는 순간, 과거의 스크루지가 등불을 껐고 스크루지와 유령은 다시 바깥에 나란히 서게되었다.

"내 시간이 얼마 남지 않았구나. 얼른 서두르자."

유령의 마지막 말은 스크루지나 그를 볼 수 있는 누군가에게 말한 것이 아니었다. 그 말의 효력은 즉시 나타났다. 스크루지는 또다시 자신의 모습을 보았다. 이제 좀 더 나이를 먹어 인생의 절정을 맞이한 남자의 모습이었다. 얼굴은 지금처럼 세상에 찌든 깊은 주름을 지니고 있진 않았으나 서서히 근심과 탐욕의 그늘이 보이기 시작했다. 탐욕과 초조함으로 눈동자가 불안하게 흔들리고 있었고, 그 탐욕이 마음속 깊이 뿌리를 내렸으며, 조만간 그 탐욕의 나무가 자라면서 더욱 넓게 탐욕의 그늘을 드리울 것이다.

이제 스크루지는 혼자가 아니라 상복을 입은 아름다운 여자와 함께 있었다. 여자의 눈에 고인 눈물이 유령이 발산하는 빛에 반사되어 반짝이고 있었다.

여자가 부드러운 목소리로 말했다.

"조금도 문제 될 게 없잖아요. 당신에겐 아무것도 아닐 거예요. 이제 당신에겐 나 대신에 다른 우상이 생겼으니까요. 지금까지 내가 당신에게 해왔던 것처럼 그것이 당신에게 기쁨과 행복을 가져다준다면 저는 슬퍼할 이유가 전혀 없어요."

스크루지가 물었다.

"내가 당신 대신에 무슨 우상이 생겼단 말이오?"

"돈이에요."

"이게 바로 세상이 말하는 공평함이라는 것이군. 세상에는 가난만큼 가혹한 일도 없지만, 대신 돈을 쫓아가는 것만큼 가혹하게 비난받는 일도 없으니!"

여자는 부드럽게 말을 이었다.

"당신은 세상을 너무나 두려워하는군요. 당신은 품고 있던 모든 희망들을 속물들의 비웃음을 피하려고 모두 포기해 버렸어요. 저는 당신의 숭고한 희망들이 하나씩 하나씩 버려지는 모습을 지켜봤고요. 이제 당신의 머릿속에는 온통 돈에 대한 집착밖에 남아 있지 않아요. 어때요? 내 말이 틀렸나요?"

스크루지가 대꾸했다.

"그래서 어쨌다는 거요? 설령 내가 세상 물질의 노예가 되었다고 하더라도 그게 무슨 문제란 말이오? 당신에 대한 내 마음은 변함이 없소."

여자는 고개를 가로저었다.

"그럼, 내가 변했단 말이오?"

"우리의 약속은 이제 옛일이 되었어요. 그건 우리가 가난했을 적에 한 약속이죠. 당장은 가진 게 없어 힘들더라도 참고 열심히 노력하면 우리도 잘살게 될 거라고, 그때까지는 이대로 만족하며 지내자고 다짐했었죠. 하지만 당신은 변해 버렸어요. 그 시절의 당신과는 전혀 다른 사람이 되었다고요."

스크루지는 인내심이 바닥났다.

"그땐 내가 철이 없었지."

"지금의 당신이 예전과는 많이 다르다는 건 당신이 더 잘 알고 있을 거예요. 나는 항상 변함없었지만요. 우리 마음이 하나였을 때 했던 약속들은 행복이었지만, 이제 서로 다른 마음을 갖게 된 이상 그 약속들은 고통일 뿐이에요. 내가 그 약속 때문에 얼마나 많이 힘들어하고 깊이 고민했는지 굳이 말하진 않겠어요. 지금까지 충분히 생각했어요. 이제는 당신을 놓아줄 수 있을 것 같아요."

"내가 언제 당신에게 놓아 달라고 부탁했소?"

"말로 그런 적은 전혀 없었죠."

"그럼 대체 무슨 근거로 그러는 거요?"

여자는 온화하면서도 단호한 표정으로 스크루지를 바라보며 말했다.

"달라진 성격, 변해 버린 영혼, 낯선 분위기, 무엇보다도 완전히 사라져 버린 희망이 그 근거예요. 당신도 느꼈겠지만 내 사랑을 더 가치 있고 빛나게 만들어 주던 희망들, 만일 우리 사이에 이 모든 것들이 처음부터 없었다고 한다면 어땠을 거 같아요? 말해 봐요. 그래도 당신이 지금의 나를 만나려고 애쓰고, 나와 결혼하려고 노력했을까요? 절대 아니었을 거예요!"

스크루지는 여자의 말이 옳다고 생각했지만 애써 항변했다.

"그런 말도 안 되는 소리를 하다니!"

"신에게 맹세하건데 나도 할 수만 있다면 다르게 생각하고 싶어요. 하지만 진실을 깨달은 후에는 그것이 너무 강해서 도저히 부정할 수 없다는 것을 깨달았어요. 만일 우리가 만나지 않았고 그래서 오늘이든 내일이든 당신이 누군가를 만나야 한다면, 당신이 지참금 한 푼 없는 그런 여자와 결혼할 수 있을까요? 모든 걸 자신에게 이익인지 손해인지만 따지는 당신이 과연 그럴 수 있을까요? 설령 당신이 한순간의 판단으로 그런 여자와 결혼했다고 하더라도, 결국 곧바로 후회하고 아쉬워할 사람이란 걸 내가 모를 것 같아요? 난 알아요. 그래서 당신을 놓아주려는 거예요. 그래도 한때는 진심으로 당신을 사랑했으니까요."

스크루지가 무슨 말을 하려는 순간 여자는 스크루지를 외면하고 말을 이었다.

"이번 일로 당신 마음이 아플지도 모르죠. 솔직히 우리의 소중했던 추억 때문이라도 아파해 줬으면 하는 마음도 있어요. 하지만 당신은 금방 그 모든 추억을 지워 버릴 거예요. 쓸데없는 꿈에서 깨어나서 다행이라고 생각할 거예요. 당신이 선택한 삶에서 행복하길 빌겠어요."

여자는 스크루지를 떠났고, 그들은 그렇게 헤어졌다.

스크루지는 울부짖으며 유령에게 애원했다.

"유령님! 더 이상 보고 싶지 않아요. 집으로 데려다주세요. 절 괴롭히는 게 즐거우신가요?"

유령이 말했다.

"볼 게 하나 더 있다."

"싫어요! 그만하세요. 더 이상 보고 싶지 않습니다. 제발 그만요."

스크루지는 울부짖었지만, 무자비한 유령은 억지로 스크루지를 안고는 다음 장면을 보도록 만들었다.

그들은 다른 장소에 와 있었다. 그리 크거나 호화롭지는 않았지만 안락한 방이었다. 벽난로 옆에는 아름다운 소녀가 앉아 있었다. 소녀의 모습이 좀 전에 보았던 그 아가씨와 너무 닮아서 순간 같은 사람이라고 생각할 정도였다. 하지만 좀 전의 그 아가씨는 주부의 모습으로 딸아이의 맞은편에 우아하게 앉아 있었다. 그 방은 폭풍이라도 치는 듯 소란스러웠다. 착잡한 심정이 된 스크루지가 도저히 셀 수 없을 만큼의 아이들이 여기저기 있었다. 유명한 시의 한 구절처럼 마흔 마리의 양이 한 마리처럼 움직이는 것이 아니라, 한 아이 한 아이가 제각기 마흔

명처럼 법석을 떨고 있었다. 그 방은 믿을 수 없을 정도로 아수라장이었지만, 아무도 신경 쓰지 않는 듯했다. 오히려 모녀는 깔깔대며 웃고 있었고 즐거워했다. 잠시 후 딸까지 난장판 속에 끼어들더니 어린 악당들의 장난에 휩쓸렸다. 내가 저 꼬마들 중 한 명이 될 수 있다면 아까울 게 없으리라! 하지만 나는 저렇게까지 무례하게 굴지 못할 거야. 그래, 절대 그러면 안 되지! 세상 모든 황금을 다 준다고 해도 결코 단정하게 땋은 소녀의 머리를 헝클어뜨리지 못할 거야. 저렇게 작고 소중한 소녀의 구두를 홱 잡아당기진 못하겠지. 저 대담한 아이들처럼 장난삼아 허리를 끌어안고 매달리는 건, 나로서는 생각도 못할 일이다. 만약 그랬다간 하느님께 벌을 받고는 다시는 팔을 곧게 펴지 못할지도 모르지. 하지만 고백하건대, 나도 저 소녀의 입술을 얼마나 만져보고 싶었던가. 괜한 질문을 던져 그 입술을 열게 만들고 싶었고, 얼굴을 붉히지 않고 내리깐 두 눈의 속눈썹을 바라보고 싶었고, 값을 매길 수 없을 만큼 소중한 저 곱슬머리를 풀어헤치고 싶었다. 한 마디로 고백하자면, 나도 어린아이처럼 소녀를 대하고 싶으면서 동시에 그 가치를 충분히 알고 있는 어른이기를 원했다.

그때 노크 소리가 나더니 아이들이 문으로 몰려들었고, 그 바람에 아이들 사이에서 옷이 구겨지고 얼굴이 빨갛게 달궈진 채 웃음을 띤 소녀까지 함께 문으로 함께 떠밀려 갔다. 아이들의 관심은 크리스마스 선물과 장난감을 한 아름 짊어진 청년과 함께 들어선 아버지에게 쏠렸다. 아이들은 고함을 지르며 무방비 상태의 짐꾼에게 맹공격을 퍼부었다. 의자를 사다리 삼아 몸에 기어올라 선물 보따리를 빼앗는가 하면, 넥타이를 잡아당기고 목에 매달리고 애정이 가득 담긴 주먹으로 등을 때리고, 다리를 걷어찼다. 선물이 하나씩 풀어질 때마다 여기저기서 아이들의 환호성이 터져 나왔다. 아기가 장난감 프라이팬을 입에 넣으려는 순간 간신히 빼앗았더니, 이내 한 아이가 나무 접시에 끈끈하게 달라붙은 장난감 칠면조를 삼켜 버렸다고 말했다. 하지만 곧바로 사실이 아닌 것으로 밝혀졌고 여기저기서 안도의 한숨이 터져 나왔다. 감사와 희열! 이런 것들을 모두 어떻게 말로 표현할 수 있겠는가. 이윽고 아이들이 하나둘 거실을 빠져나가면서 그들의 기쁨과 흥분도 함께 빠져나갔다. 아이들은 차례대로 꼭대기 침실로 올라가 잠자리에 들었고, 그렇게 잠잠해졌다.

그제야 스크루지는 주변을 좀 더 자세히 찬찬히 둘러볼 수 있었다. 이 집의 가장은 자신에게 다정하게 몸을 기댄 딸과 부인과 함께 난롯가에 앉아 있었다. 저렇게 예쁘고 앞날이 창창한 소녀가 자신을 아빠라고 부를 수도 있었고, 만약 그렇게만 되었다면 황량한 겨울 같았던 자신의 인생에 화창한 봄날이 되어 주었을지도 모른다는 생각이 들자 스크루지는 어느새 눈시울이 붉어지고 말았다.

남편이 미소를 띠며 부인을 바라보았다.

"벨, 나 오늘 낮에 당신 옛날 친구를 봤어."

"누구요?"

"누군지 맞혀 봐."

"내가 어떻게 알아요?"

하지만 남편이 웃자 금세 따라 웃으며 말했다.

"스크루지 씨군요?"

"응, 내가 오늘 그 사람 사무실 옆으로 지나가는데, 촛불이 켜져 있고 창문도 열려 있더군. 그래서 봤는데, 동업자가 죽을 날을 앞두고 있다더니 정말 혼자 그렇게 앉아 있더군. 세상에 혼자 남겨진 사람처럼 말이야."

스크루지는 갈라진 목소리로 말했다.

"유령님! 여기서 내보내 주십시오."

"내가 말했잖아. 이건 과거의 그림자일 뿐이다. 과거에 있었던 일들을 그대로 보여 주는 것일 뿐이니 나를 원망하지 마라!"

"제발 데리고 나가 주세요! 더 이상은 못 견디겠습니다."

스크루지는 그렇게 외치며 고개를 돌려 유령을 바라보았다. 유령도 스크루지를 바라보고 있었다. 유령의 얼굴은 지금까지 스크루지가 보았던 모든 얼굴들이 조각조각 기괴하게 얽혀 있었다.

"날 놔줘! 다시 원래대로 데려다 놔. 다신 내 앞에 나타나지 마!"

이렇게 싸우는 사이에(유령은 아무런 대응도 하지 않았고, 스크루지가 아무리 기를 쓰고 공격을 해도 꿈쩍도 하지 않았다. 그래도 이를 싸움이라고 부를 수 있다면) 스크루지는 유령의 머리에서 빛이 타오르는 것을 보았다. 어쩌면 유령의 모든 힘이 이 빛과 관련 있을지도 모른다는 생각이 들어 그는 순식간에 모자를 낚아채 유령의 머리에 눌러 씌웠다. 유령은 모자 밑에서 점점 크기가 작아지더니 마침내 모자에 완전히 덮여 버렸다. 스크루지는 있는 힘을 다해 모자를 눌렀지만 모자 밑에서 흘러나오는 엄청난 빛을 가릴 수는 없었다. 완전히 녹초가 된 스크루지는 밀려드는 졸음을 견딜 수가 없었다. 그리고 자신도 모르는 사이에 자신이 방의 침대에 누워 있다는 사실을 알게 되었다. 마지막으로 있는 힘을 다해 모자를 짓누르자 손에 힘이 풀리면서 깊은 잠에 빠져들고 말았다.

03
현재의 크리스마스 유령

　한참이나 코를 골면서 자던 스크루지는 잠에서 깨어나 침대에 걸터앉아 곰곰이 생각했다. 아직 한 시를 알리는 종소리가 들리진 않았지만 지금이 그 무렵이라는 걸 느꼈다. 말리가 보낸 두 번째 유령과의 만남을 위한 것이라면 기가 막힌 시간에 일어났다고 생각했다. 하지만 이번 유령은 어느 쪽 커튼을 갑자기 열어젖힐까 하는 불안한 생각에 스크루지는 등골이 오싹해져 일단 모든 커튼을 열어젖힌 다음 다시 침대에 누워 주위를 꼼꼼히 살폈다. 유령이 갑자기 나타났을 때, 깜짝 놀라거나 두려워하는 모습 대신 당당하게 맞이하는 모습을 보이고 싶었다.

세상 물정의 이치를 깨달아 혜안을 지녔다는 이른바 신사 양반들이란 자신의 폭넓은 능력을 과시하기 위해 동전 던지기부터 살인에 이르기까지 많은 부분에서 모험을 감행한다. 물론 동전 던지기와 살인이라는 두 가지 극단적인 모험 사이에 있는 많은 것들을 포함해서 말이다. 하지만 이런 부류의 사람들과는 달리 스크루지는 그렇게까지 대담한 모험을 하는 사람은 아니니, 나는 독자 여러분에게 스크루지가 다양한 영역의 기묘한 존재의 출현에 대해 단단히 각오하고 있으며, 갓난아이부터 코뿔소에 이르기까지 그 어떤 것이 나타나도 놀라지 않을 테니 이를 믿어 달라고 애원하진 않겠다.

　다시 이야기로 돌아와서, 그 어떤 것이 나타나더라도 각오가 되어 있던 스크루지는 정작 아무것도 나타나지 않는 상황에 대해서는 준비가 전혀 되어 있지 않았다. 종소리가 한 시를 알렸는데도 아무것도 나타나지 않자 스크루지는 몹시 불안에 떨기 시작했다. 5분, 10분, 15분이 지나도 아무것도 나타나지 않았다. 침대에 누워 있는 내내 한줄기 붉은빛이 스크루지를 비추고 있었다. 한낱 불빛에 지나지 않았지만 그것이 무엇을 의미하는지, 그 속에 무엇이 존재하는지 알 수가 없어 빛 한줄기가 유령이 집단으로 들이닥친 것보다도 더 두려웠다. 혹시 자신이 보기 드물다는 자연 발화의 한 사례가 되진 않을까 하는 불안한 생각도 문득 들었다. 그제서야 스크루지는 생각을 하기 시작했다. (곤경에 빠져 있는 않은 사람은 상황이 어떻게 돌아가는지 또 어떻게 처신해야 하는지 잘 알기 때문에 독자 여러분들이나 나 같으면 처음부터 그랬을 테지만 말이다) 스크루지는 이 기괴한 빛줄기의 근원이 건너편 방에 있을지도 모른다는 생각이 들었다. 그는 조심스럽게 침대에서 일어나서 슬리퍼를 끌며 건너편 방으로 다가갔다. 스크루지가 문고리에 손을 대는 순간, 낯선 목소리가 스크루지를 부르며 들어오라고 했다. 스크루지는 시키는 대로 했다.

그 방은 분명 스크루지 방이었다. 틀림없었다. 하지만 놀랄 만큼 완전히 바뀌어 있었다. 살아 있는 식물들이 온 벽과 천장을 뒤덮고 있어서 마치 조그마한 숲에 들어온 느낌이었다. 줄기마다 싱싱한 열매들이 반짝거렸다. 호랑가시나무, 겨우살이나무, 담쟁이덩굴의 빳빳한 잎들이 열매에서 뿜어져 나오는 빛들을 반사해, 조그만 거울이 곳곳에 흩어져 있는 듯했다. 스크루지 평생에, 말리의 생전에, 수없이 많은 겨울을 지내는 동안

거의 화석처럼 되다시피 한 벽난로에서는 한 번도 경험하지 못한 강한 불꽃이 굴뚝 위로 솟아올랐다. 바닥에는 칠면조, 거위, 쇠고기, 닭고기, 돼지 머리고기, 통돼지 구이, 길쭉한 소시지, 민스파이, 건포도와 설탕을 넣은 과일 푸딩, 굴 한 상자, 군밤, 체리처럼 빨간 사과, 즙 많은 오렌지, 달콤한 배, 12층짜리 주현절(예수가 하느님의 아들로서의 공중을 받은 날을 기념하는 축절: 옮긴이) 케이크가 높이 쌓였고, 펄펄 끓는 펀치(과일즙에 설탕, 양주를 섞은 음료: 옮긴이)에서 나오는 달콤한 김 때문에 방 안은 맛있는 냄새로 가득했다. 이 풍요로운 의자에 영광스럽게 보이는 거인이 앉아 있었다. 거인은 풍요의 상징인 '풍요의 뿔' 모양의 횃불을 들고 있었는데, 스크루지가 힐끔힐끔 쳐다보자 문 쪽을 향해 횃불을 비췄다.

유령이 외쳤다.

"들어와라! 들어와서 나를 가까이서 봐라!"

스크루지는 겁에 질려 머뭇거리다가 안으로 들어가 머리를 숙였다. 더 이상 예전의 고집 센 스크루지가 아니었다. 유령은 맑고 인자한 눈빛을 가지고 있었지만 왠지 눈을 마주치기 꺼려졌다.

유령이 말했다.

"나는 현재의 크리스마스 유령이다. 고개를 들어 나를 봐라."

스크루지는 공손하게 그 말에 따랐다. 유령은 하얀 모피로 단을 댄, 짙은 초록색 망토처럼 생긴 옷을 걸치고 있었다. 마치 몸을 가리고 있는 것이 부끄러운 일이라도 되는 것처럼 워낙 헐렁하게 걸치고 있어서 유령의 넓은 가슴이 그대로 드러나 보였다. 주름이 잡힌 아랫도리 밑으로 드러난 발도 맨발이었고, 머리에는 반짝이는 고드름이 듬성듬성 박힌 호랑가시나무 화관 말고는 아무것도 쓰고 있지 않았다. 그는 인자한 얼굴과 반짝이는 두 눈, 활짝 편 손, 쾌활한 목소리를 지니고 있었다. 유령의 거침없는 행동이나 호탕한 분위기를 닮은 짙은 밤색의 긴 곱슬머리가 어깨에서 자유롭게 찰랑이고 있었다. 허리에는 녹이 슨 낡은 칼집을 차고 있었지만 칼은 들어 있지 않았다.

유령이 말했다.

"나 같은 유령을 본 적은 한 번도 없겠지?"

스크루지는 겨우 대답했다.

"네, 한 번도요."

"우리 가족들 중에서 젊은 축에 속하는 식구와 돌아다닌 적

없나? 그러니까 내 말은, 요 몇 년 사이에 태어난 내 형님들 정도를 말하는 거다. 나는 그들보다 젊다고 할 수 있지."

"글쎄요. 제 생각에는 없는 것 같은데요. 형제 분들이 많으신가요, 유령님?"

"1,800명도 넘지."

"먹여 살리려면 힘들겠군."

스크루지가 작게 중얼거렸다.

마침내 유령이 자리에서 일어났다. 스크루지는 공손하게 말했다.

"유령님, 저를 데려가 주십시오. 지난밤에는 어쩔 수 없이 끌려다녔지만 생각해 보니 많은 것들을 배웠습니다. 오늘 밤에도 제게 가르치실 것이 있다면 그것을 배울 수 있도록 허락해 주십시오."

"내 옷에 손을 대어라!"

스크루지는 시키는 대로 했다. 옷자락을 꽉 움켜쥐긴 했지만.

호랑가시나무, 겨우살이나무, 담쟁이덩굴, 칠면조, 거위, 닭고기, 돼지고기, 소시지, 과일, 펀치 할 것 없이 모두가 순식간에 사라져 버렸다. 활활 타오르던 횃불도 컴컴한 어둠도 사라지고, 둘은 크리스마스 아침, 도시 길 위에 서 있었다. 살을 에는 추위에도 거리에서 집 앞과 지붕에 내려앉은 눈을 쓸어 내는 소리가 활기차고 듣기 좋은 음악처럼 들렸다. 아이들은 지붕에 쌓인 눈이 바람을 일으키며 사방으로 흩어지다가 길바닥으로 떨어지는 모습을 보며 환호성을 질러 댔다. 지붕 위에 쌓여 있는 새하얀 눈이나 길바닥에 쌓여 살짝 더러워진 눈과는 대조적으로 정면으로 보이는 집들은 몹시 칙칙해 보였고 창문은 더욱 어두워 보였다. 미처 다 치우지 못한 눈 위로 수레와 마차가 남긴 바퀴자국이 미로처럼 얽히고설켜 누런 진흙이 뒤범벅되어 있는 것 같았다. 가장 가까운 길도 반은 녹고 반은 얼어붙은 채 자욱한 안개로 뒤덮여 있었으며, 안개의 무거운 입자들은 수없이 많은 굴뚝에서 뿜어내는 검은 가루와 함께 뒤범벅되어 쏟아져 내렸다. 마치 영국의 모든 굴뚝에서 약속이라도 한 듯 한꺼번에 재를 내뿜었다. 딱히 즐거워할 것은 없었지만, 청명한 공기와 눈부신 햇살을 자랑하는 여름 날씨도 만들어 낼 수 없는 활기찬 분위기가 거리에 흘러넘치고 있었다.

지붕에서 눈을 퍼내는 사람들은 즐거움과 기쁨으로 충만했다. 사람들은 지붕 난간에 기대어 서서 서로를 소리쳐 부르다가 가끔씩 장난스럽게 눈뭉치를 던지고는 깔깔거리며 웃음을 터뜨렸다. 닭이나 칠면조를 파는 가게는 절반 정도만 열려 있었고, 과일가게들은 눈부시게 빛나고 있었다. 쾌활한 노신사가 걸친 조끼처럼 배가 불뚝 튀어나온 크고 둥그런 밤 바구니들이 문 앞에 가지런히 진열되어 있었고, 엎어진 바구니에서 흘러나온 밤들이 길바닥을 굴러다니기도 했다. 불그레한 다갈색 얼굴에 넓은 띠를 두른 스페인 양파는 통통하게 살찐 스페인 수도사처럼 선반에 누운 채 지나가는 아가씨들에게 엉큼한 눈으로 윙크를 던지기도 했고, 천장에 걸린 겨우살이 장식을 점잖게 흘끗거리기도 했다. 배와 사과는 웅장한 피라미드 모양으로 높이 쌓여 있었다. 지나가는 사람들 입에 침이 고이도록 만들려는 가게 주인의 배려 덕분에 풍성한 포도송이는 눈에 잘 띄는 고리에 대롱대롱 매달려 있었다. 수북이 쌓인 개암 열매에서 새어 나오는 향기는 지나가는 사람들로 하여금 낙엽을 밟으며 길을 걷던 즐거운 옛 추억을 떠올리게 했다. 즙이 많고 거무스름한 노퍽산 사과는 노란 오렌지와 레몬 사이에서 자신을 장바구니에 담아 오늘 밤 저녁식사 후 디저트로 먹어 달라고 애원하듯 자신의 먹음직스러운 자태를 마음껏 뽐냈다. 이렇게 엄

격하게 선별된 과일들 틈에 놓인 어항 속의 금색 은색 붕어들까지도, 자신들은 비록 둔하고 굼뜬 종족이라 할지라도, 곧 즐거운 일이 생기리라는 것을 아는 듯이 그들만의 세상에서 여유있고 침착하게 입을 빠끔대며 이리저리 배회하고 있었다.

식품점! 그래, 식품점! 덧문 한둘을 제외하고 거의 닫혀 있었지만 그 틈새로 들여다본 광경이란! 계산대에 놓인 저울은 유쾌한 소리를 내며 묵직하게 내려가고, 노끈과 롤러는 신이 나서 서로 작별을 고하고, 찻잎과 담배, 커피 따위가 담긴 양철통은 곡예라도 하는 듯이 가게를 휘젓고 다녔으며, 찻잎과 커피의 향기가 한데 어우러져 기분 좋은 향기가 코를 자극했다. 보기 드물게 윤기가 자르르 흐르는 건포도도 소복이 쌓여 있었고, 아몬드는 더할 나위 없이 뽀얀 빛깔을 띠고 있었으며, 계피도 곧고 긴 모양을 뽐냈다. 그 밖의 다른 향신료들도 무척이나 향기로웠다. 설탕을 녹여 입힌 과일은 설탕이 어찌나 맛있게 잘 스며들었는지, 아무리 시큰둥한 구경꾼들이라도 정신이 아찔해지고 급기야는 다리가 후들거릴 지경이었다. 무화과는 촉촉하고 말랑말랑했으며 가장 화려하게 장식된 상자에 담긴 프랑스산 자두는 얼굴을 붉히고 있었다. 모든 음식들이 먹음직스럽게 크리스마스 분위기에 맞게 예쁘게 장식되어 있었다.

한편 가게에 들어선 손님들은 크리스마스에 대한 기대감에 부풀어 올라 허둥대거나 열의에 넘쳐 조바심 내느라 문가에서 서로 부딪쳐서 바구니를 찌그러뜨리기도 했다. 계산한 물건을 계산대에 두고 갔다가 허겁지겁 다시 찾으러 오는 사람들은 자기와 같은 실수를 하는 여러 사람들을 보며 웃음을 짓기도 했다. 가게 주인과 점원들이 어찌나 솔직하고 생기가 넘치는지, 앞치마를 뒤로 여며 놓은 반짝이는 하트 모양의 단추가, 크리스마스에 성찬 삼아 까마귀들더러 쪼아 먹으라고 내놓거나 구경꾼들 앞에 볼거리 삼아 내어놓은 진짜 심장 같았다.

얼마 후, 교회 종소리가 예배당으로 사람들을 불러 모으자, 사람들은 곧바로 가장 좋은 옷으로 갈아입고는 즐거운 표정을 한 채 거리로 몰려나왔다. 그와 동시에 샛길과 골목길, 이름 모를 모퉁이마다 셀 수 없이 많은 사람들이 자신들의 저녁 만찬을 준비하기 위해서 빵집으로 향했다. 이 가난한 사람들의 얼굴 표정이 흥미가 있었는지 유령은 빵집 입구에 서서 저녁거리를 들고 나오는 사람들마다 자신의 횃불 뚜껑을 열고 그 안의 향료를 뿌려 주었다. 그 횃불이 범상치 않은 물건인 것은 틀림

없었다. 사람들이 서로 밀치는 바람에 한두 번의 작은 다툼이 있었는데, 유령이 그 횃불에서 나오는 물을 몇 방울 뿌리자 모두 유쾌한 기분을 되찾았다. 그들은 "크리스마스에 싸움이라니. 부끄러운 일이야. 그렇고말고. 하느님이 분명 좋아하실 리 없어." 하고 중얼거렸다.

종소리가 그칠 무렵 빵집들은 모두 문을 닫았다. 빵집의 얼룩진 오븐들은 그날 저녁 식탁에 차려질 만찬의 과정들을 보여 주는 듯했다. 길바닥에 깔린 자갈마저도 빵이 구워지듯이 김이 모락모락 피어났다.

스크루지가 물었다.

"유령님이 횃불에서 뿌리시는 물에 무슨 특별한 향료라도 들어 있습니까?"

"그렇다. 나만의 특별한 향료라고 할 수 있지."

"오늘 저녁에 먹는 어느 음식에나 잘 어울리는 향료인가요?"

"정성껏 만든 음식에는 다 잘 어울리지. 특히 가난한 사람들의 음식에는 더욱 그렇다."

"왜 가난한 자의 음식에 더 잘 어울리나요?"

"그들의 음식에 가장 필요한 것이니까."

스크루지는 잠깐 생각에 잠겼다.

"유령님! 우리를 둘러싼 세상의 무수히 많은 존재들 가운데서 왜 하필 유령님은 저 사람들이 순수한 즐거움을 맛볼 기회를 빼앗으려는지 모르겠군요."

"내가?"

"당신은 사람들이 주일에 맛있는 음식을 먹지 못하도록 만드시지 않습니까? 저들이 유일하게 음식다운 음식을 먹을 수 있는 날인데도 말이죠. 안 그렇습니까?"

"내가?"

"당신은 주일이 되면 가게들이 문을 닫기를 원하시지 않습니까? 그러니 저들이 즐거움을 맛볼 수 있는 기회를 빼앗는 거나 다름없죠."

유령은 버럭 고함을 질렀다.

"내가 원했다고!"

"제가 틀렸다면 용서하십시오. 주일에 가게를 쉬는 일은 유령님의 이름으로 행해져 왔습니다. 유령님이 아니시라면, 아마 가족 분들 중에 한 분이겠죠."

"너희 인간들 중에는 우리를 잘 안다고 하면서도 욕망과, 교

만, 악의, 증오, 질투, 이기심을 충족하려는 자들이 있다. 하지만 그런 자들은 우리와는 아무런 관련이 없는 자들이다. 원망을 하려거든 그런 자들을 탓해라. 우리를 원망하지 말고."

스크루지는 그러겠다고 약속했다. 그리고 지금껏 그래왔듯이 사람들 눈에 보이지 않는 모습으로 시내 근교로 빠져나갔다. 유령은 재주가 많아서(스크루지가 이미 빵집에서 목격했듯이) 거대한 몸집에도 불구하고 어디에나 자신의 몸을 맞추어 들어갈 수 있는 능력까지 갖고 있었으며, 야트막한 지붕 아래서도 초자연적인 존재답게 천장이 높은 홀에서나 가능할 법한 위엄 있는 자세로 서 있을 수 있었다.

이 선한 유령이 자신의 능력을 과시하고 싶어서였는지 아니면 가난한 사람들에게 자신의 친절함, 관대함, 따뜻한 마음을 전하고 싶어서였는지 몰라도, 유령은 스크루지를 서기의 집으로 데리고 갔다. 옷자락에 스크루지를 매달고 서기 집으로 간 유령은 그 집 문간에 서서 미소를 지으며 횃불의 물을 뿌려 밥 크래치트의 집을 축복해 주었다. 생각해 보라. 밥 크래치트는 일주일에 고작 15밥(옛날 영국화폐 단위: 옮긴이)밖에 벌지 못하는, 그러니까 토요일마다 주머니에 자기 이름과 똑같은 동전 열다

섯 개를 주머니에 넣고 오는 것이다. 그런 밥의 방 네 칸짜리 집을 현재의 크리스마스 유령이 축복해 주고 있다니!

이때 두 번이나 뒤집어 꿰맨 초라한 실내복을 입을 크래치트의 부인이 나타났다. 그 옷에는 6펜스를 주고 산, 싸구려치고는 그런대로 쓸 만한 리본이 주렁주렁 달려 있었다. 크래치트 부인은 자기와 마찬가지로 옷에 리본을 닥치는 대로 붙인 둘째 딸 벨린다 크래치트와 함께 식탁보를 깔았다. 그 곁에서 피터 크래치트는 터무니없이 넓은 셔츠의 깃(원래는 밥 크래치트의 것이었는데, 밥의 장남이자 상속자인 피터가 물려받았다) 양쪽 끝을 입에 물고서 냄비에 든 감자를 사정없이 찔러 대고 있었다. 피터는 자신이 이렇게 멋지게 차려입었다는 사실이 너무 기뻤고, 상류층 멋쟁이들이 즐겨 찾는 공원에라도 찾아가서 자신의 멋진 리넨 셔츠를 자랑하고 싶은 마음이 굴뚝같았다. 이번에는 크래치트 집안의 개구쟁이 남매가 빵집 앞에서 놀다가 거위 요리 냄새가 자기 집에서 나고 있다는 사실을 알고 좋아서 소리를 지르며 집으로 뛰어 들어왔다. 이 어린 남매는 세이지(향료용 허브: 옮긴이)와 양파를 먹게 된다는 호사스러운 생각에 빠져 식탁 주위를 빙빙 돌며 춤을 추다가, 피터를 보더니 너무 멋있다고 추어올렸다. 피터는(깃이 목을 조이다시피 했지만 그다지 우쭐대는 모양새는 아니었다) 천천히 익는 감자가 이젠 다 익었으니 꺼내서 껍질을 벗겨 달라고 뚜껑을 두드리며 아우성칠 때까지 불을 불어 댔다.

크래치트 부인이 말했다.

"도대체 너희 소중한 아버지는 어떻게 된 걸까? 막내 팀도 그렇고, 마사도 작년 크리스마스였더라면 30분 전에 도착했을 텐데."

"마사는 여기 있어요. 엄마."

그 소리와 함께 한 소녀가 나타났다.

크래치트 남매가 소리쳤다.

"마사가 왔어요, 엄마! 우아! 이것 봐! 진짜 근사한 거위야, 마사!"

"세상에, 사랑스런 내 딸, 왜 이렇게 늦었니?"

크래치트 부인은 딸의 뺨에 수없이 입을 맞추고는, 호들갑을 떨며 딸의 외투와 모자를 벗겨 주었다.

"어제저녁에 일이 너무 많아서요, 그래서 오늘 아침에 다 해 치우고 오느라고요, 엄마."

"우리 딸, 이렇게라도 왔으니 됐다. 자, 난롯가에 앉아서 몸 좀 녹이고 있으렴."

개구쟁이 크래치트 남매가 소리쳤다.

"안 돼요, 안 돼! 저기 아빠가 오잖아요. 마사, 얼른 숨어. 얼른 숨으라고!"

크래치트 남매가 아빠를 맞으러 나오고, 마사는 숨었다. 끝에 달린 술 장식을 빼더라도 최소 3피트(약 1미터: 옮긴이)는 넘어 보이는 긴 목도리를 늘어뜨리고, 여기저기 꿰매기는 했지만 그래도 크리스마스라고 잘 손질된 양복을 입은 밥이 막내 팀을 목말을 태우고 집 안으로 들어왔다. 불쌍한 녀석 팀! 아이는 손에 작은 목발을 들고, 철제 프레임으로 맞춘 의족을 차고 있지 않은가!

밥 크래치트가 주위를 두리번거리며 말했다.

"헌데, 우리 마사는?"

부인이 대답했다.

"안 왔어요."

"안 왔다고?"

부인의 말에 밥 크래치트의 들뜬 목소리가 이내 푹 가라앉아 버렸다.

밥은 교회에서부터 경주마처럼 힘차게 집으로 달려온 터였다.

"크리스마스인데, 안 오다니!"

마사는 아무리 장난이라도 아빠가 실망하는 모습을 차마 더는 볼 수가 없어서 계획보다 빨리 옷장 뒤에서 뛰어나와 아빠 품에 안겼다. 개구쟁이 두 남매는 팀을 잡아끌고 부엌으로 데리고 갔다. 구리 냄비에서 새어 나오는 푸딩들의 합창 소리를 들려주고 싶었기 때문이다.

부인은 남편이 너무 잘 속는다고 한바탕 놀려 댔다. 밥이 딸과 한참이나 포옹을 하고 나자, 크래치트 부인이 남편에게 물었다.

"오늘 우리 막둥이 팀은 어떻게 행동했어요?"

"황금처럼 빛났지. 아니, 황금보다 더 빛났어. 아무래도 혼자 앉아 있는 시간이 많다 보니까 생각이 깊어진 것 같더군. 평소엔 하지 않던 아주 이상한 말을 하더라고. 교회에서 사람들이 모두 자기를 봤으면 좋겠대. 절름발이인 자기를 보면, 앉은뱅이를 일으키시고 장님을 눈뜨게 하신 예수님의 탄생을 떠올릴 테니 이보다 가치 있는 삶이 어디 있겠느냐고 말이야."

이런 말을 하면서 밥의 목소리는 떨리고 있었다. 틀림없이 팀은 튼튼하고 올바른 사람으로 자랄 거라고 말하면서, 밥의 목소리는 더욱더 떨리고 있었다.

조그만 목발이 콩콩거리는 소리가 마룻바닥을 울렸다. 막내 팀이 형과 누나의 부축을 받아 난롯가에 놓인 자기 의자에 앉았다. 밥은 소맷자락을 걷어 올리고(불쌍한 친구 같으니, 모양이 더 초라해지겠군) 주전자에 진과 레몬을 넣고 잘 저은 후, 벽난로 시렁에 걸어두고 김이 날 때까지 끓였다. 거위 요리를 가지러 간 피터와, 아무 데나 발발대며 돌아다니던 개구쟁이 크래치트 남매는, 얼마 지나지 않아 거위를 높이 쳐들고서 당당하게 행진해 왔다. 거위가 세상에서 가장 귀한 새라도 되는 듯이 온 집 안이 떠들썩했다. 흑고니조차도 이 깃털 달린 짐승에 비할 바가 아니었다. 그만큼 이 집에서 거위는 매우 특별한 것이었다. 크래치트 부인은 고기 국물(미리 작은 냄비에 준비해 두었다)을 펄펄 끓였다. 피터는 믿기지 않을 만큼 힘껏 감자를 으깼고, 벨린다는 사과 소스에 설탕을 듬뿍 넣었다. 마사는 뜨거운 접시를 닦았고, 밥 크래치트는 막내 팀을 자기 옆자리, 식탁 한쪽 작은 의자에 앉혔다. 개구쟁이 크래치트 남매는 자기들 의자와 식구들 의자를 준비해 두고는 보초병처럼 자기 의자에 딱 붙어 앉아 거위 요리를 주시하고 있었다. 혹시 자기 차례가 되기도 전에 거위를 달라고 소리치기라도 할까 봐 숟가락으로 입을 막고 있었다. 마침내 식탁에 접시가 놓이자, 식구들은 감사의 기도를 드렸다. 크래치트 부인이 칼을 들고 거위 가슴에 찌를 준비를 했고, 숨 막히는 정적이 계속되었다. 칼이 꽂히고 식구들이 그토록 기다리던 거위 배 속의 음식들이 흘러나오자 식탁에는 기쁨의 탄성이 새어 나왔으며, 막내 팀까지도 남매를 따라 덩달아 신이 났는지 나이프로 식탁을 두드리며 가냘픈 목소리로 "우아!" 하고 탄성을 질렀다.

이렇게 훌륭한 거위 요리는 처음이었다. 밥은 이렇게 맛있는 거위 요리가 있다는 사실이 도저히 믿기지 않는다고 말했다. 부드러운 살코기, 맛있는 향기, 저렴하면서도 엄청난 크기가 대화 주제였다. 여기에 사과 소스와 으깬 감자까지 곁들이니, 온 식구가 흡족해할 만한 만찬이 되었다. 크래치트 부인이 몹시 기뻐하며(접시에 놓인 뼛조각을 내려다보면서) "온 식구가 먹었는데도 아직 남았네!"라고 말했다. 식구들은 정말로 배불리 먹었다. 특히 개구쟁이 크래치트 남매는 세이지와 양파에

눈썹까지 처박고 열심히 먹어 댔다.

이제, 벨린다가 접시를 새로 바꾸었고, 크래치트 부인은 혼자서(혹시라도 누가 볼까 봐 잔뜩 초조해하며) 푸딩을 가져오려고 자리에서 슬며시 일어났다.

푸딩이 제대로 익지 않았으면 어떡하나! 꺼내다가 모양이 망가지면 어떡하지? 모두들 거위 요리에 정신이 팔려 있을 때 누군가가 뒷담을 넘어와 훔쳐간 건 아니겠지? 그럼 우리 개구쟁이들이 기겁을 할 텐데! 별별 생각이 다 들었다.

우아! 이 모락모락 피어오르는 김! 부인은 구리 냄비에서 푸딩을 꺼냈다. 꼭 빨래하는 날 나는 냄새랑 비슷했다. 그렇다. 빨래 냄새였다. 옆집 빵가게에서 새어 나오는 것과 부엌과 맞붙어 있는 세탁소에서 나는 것이 섞인 듯한 그런 냄새! 그게 바로 푸딩의 냄새였다. 30초도 안되어 크래치트 부인은 자랑스러운 미소를 지은 채 붉게 상기된 얼굴로 푸딩을 들고 들어왔다. 알록달록한 대포알처럼 탱탱한 푸딩에 브랜디를 조금 부어 불을 붙였고, 꼭대기에는 호랑가시나무로 장식했다.

"와! 근사한데!"

밥 크래치트는 우리가 결혼한 이후로 당신이 만든 푸딩 요리

중 단연 최고라고 침착한 목소리로 말했다. 그러자 부인은 이제야 마음이 놓인다고 말하면서, 사실 방금까지도 밀가루 양을 잘못 맞춘 것 같아 무척 걱정이 되었다고 말했다. 모두들 푸딩에 대해 한 마디씩 칭찬을 했지만, 누구 하나 푸딩이 다 같이 먹기에는 턱없이 부족하다고 하지 않았다. 만약 그런 사람이 있다면 크래치트 가족이라 할 수 없으며, 그런 얘기를 넌지시 비추는 것만으로도 스스로를 부끄럽게 여길 것이다.

마침내 만찬이 끝나자 식구들은 식탁보를 치우고, 난로 주위를 쓸고, 난롯불을 피웠다. 주전자에는 맛 좋은 술이 담겨 있고, 식탁 위에는 사과와 오렌지가 올랐으며, 난로 위에는 밤도 한 삽 올려졌다. 난로 주위로 크래치트 가족들이 빙 둘러 앉았는데, 밥 크래치트는 그것을 원 모양이라 불렀지만, 사실은 거의 반원 모양에 가까웠다. 밥 크래치트 팔꿈치 옆에는 크래치트 집안이 소유하고 있는 모든 유리잔이 다 나와 있었다. 그래 봤자 큰 유리잔 두 개와 손잡이 없는 커스터드 잔 하나가 전부였다. 하지만 이 유리잔들은 주전자에서 나오는 따뜻한 액체를 황금 술잔 못지않게 담기에 충분했다. 밥은 활짝 웃는 얼굴로 술을 따랐다. 난로에 올려둔 밤이 탁탁 갈라지는 소리를 내며 익어 가고 있었다. 밥이 술잔을 들어 올리며 말했다.

"우리 가족 모두 메리 크리스마스, 우리 모두에게 하느님의 은총이 가득하길!"

그러자 온 가족이 따라 외쳤다.

"우리 모두에게 하느님의 은총이 가득하길!"

마지막으로 막내 팀도 외쳤다.

"우리 모두에게 하느님의 은총이 가득하길!"

작은 의자에 앉은 팀은 아빠 곁에 바짝 붙어 있었다. 밥은 막내 팀이 너무도 사랑스러워 곁에 꼭 붙잡아 두고 싶은 듯이, 누군가에게 빼앗길까 두려운 듯, 아이의 작은 손을 꼭 잡고 있었다.

"유령님, 팀은 살 수 있는 거죠?"

스크루지가 그런 관심을 보이는 것은 처음이었다.

유령이 대답했다.

"저 초라한 벽난로 구석에 빈 의자가 보이는구나. 주인 잃은 목발이 그 옆에 놓여 있고. 미래의 환영대로라면, 저 아이는 죽게 된다."

"안 됩니다. 유령님. 자비로우신 유령님, 제발 저 아이가 살 수 있다고 말씀해 주십시오."

"미래가 이 환영을 바꾸지 않고 그대로 둔다면, 저 아이는 이 승에서 볼 수 없다. 그런데 그게 어떻다는 거냐? 어차피 죽은 목숨이나 다름없다면 차라리 죽는 게 낫지. 쓸데없이 남아도는 인구도 줄이고 말이야."

스크루지는 자기가 한 말을 유령이 그대로 옮기자 한없는 후회와 슬픔이 몰려왔다.

"네가 목석이 아니라 감정을 가진 인간이라면, 쓸데없이 남아도는 인간이 누구인지, 또한 그 사람이 어디 있는지 보기 전까지는 그런 사악한 말들을 삼가라. 네가 감히 인간의 삶과 죽음을 결정하겠다는 거냐? 하늘에 계신 하느님 눈에는, 저 아이처럼 가난한 아이들 수백만보다 네가 훨씬 더 쓸모없고, 살 가치가 없어 보이실 것이다. 오! 신이시여, 나뭇잎에 붙어 있는 벌레 같은 놈이 굶주리는 우리 형제를 보며 쓸데없이 인구가 남아돈다는 말을 내뱉다니!"

스크루지는 유령의 호된 꾸지람에 벌벌 떨며 그저 땅만 보고 있었다. 그런데 갑자기 어디선가 자기 이름이 불리자 스크루지는 재빨리 고개를 들어 그들을 바라보았다.

밥이 외쳤다.

"스크루지 영감님을 위해! 오늘 이 만찬을 베풀어 주신 스크루지 영감님을 위해 건배!"

크래치트 부인이 얼굴을 붉히며 말했다.

"그 영감이 무슨 만찬을 베풀어 줬다고요! 그 노인네를 이곳에 데리고 오세요. 욕이나 실컷 대접하게. 그 영감 입맛에 딱 맞았으면 좋겠네요."

"여보, 애들이 듣겠소. 오늘은 크리스마스잖아."

"그래요. 크리스마스라도 되니까 스크루지 영감같이 밉살스럽고, 인색하고, 차갑기 그지없는 인간을 위해서 축배를 들잖아요. 스크루지가 어떤 인간인지 누구보다 잘 아시는 분이, 가없은 사람!"

밥이 온화하게 말했다.

"여보, 크리스마스잖아."

"알겠어요. 당신을 위해서, 그리고 크리스마스를 위해서, 그 영감을 위해 축배해요. 하지만 그 영감이 좋아서 하는 건 아니에요. 자, 그럼 스크루지 영감님의 행복한 크리스마스와 새해를 위해! 그 노인네라면 틀림없이 스스로 복 많이 받을 거야."

크래치트 부인을 따라 아이들도 스크루지 영감을 위해 축배를 들었다. 오늘 만찬에서 크래치트 가족이 마지못해 한 일은 이 축배가 처음이었다. 맨 마지막에 막내 팀도 축배를 들었지만 무성의하기 짝이 없었다. 스크루지는 이 가족에게 괴물이나 다름없었다. 스크루지라는 이름이 나온 것만으로도 만찬에 어두운 그림자가 드리워졌고, 이 그림자는 5분간이나 사라지지 않았다.

그림자가 사라지자 가족들은 스크루지에 대한 의무를 다했다는 안도감 때문이지 몰라도 전보다 열 배는 더 신이 났다. 밥 크래치트는 가족에게, 아들 피터를 위해 눈여겨봐 둔 일자리가 있는데, 일이 잘되면 매주 5실링 6펜스는 받을 수 있을지도 모른다고 말했다. 개구쟁이 크래치트 남매는 피터가 직장인이 된다는 이야기에 한바탕 깔깔거렸다. 피터는 그 많은 돈을 벌게 되면 어디에 써야 할지 궁리하듯 셔츠 깃 사이로 난로를 곰곰이 쳐다봤다. 그러자 숙녀용 모자 공장에서 수습공으로 일하고 있는 마사가, 자기는 어떤 일을 하는지, 얼마나 오랜 시간 일을 하는지, 내일은 휴일이니까 아침 늦게까지 푹 자고 싶다는 이야기들을 늘어놓기 시작했다. 또 며칠 전에 영주와 그의 부인이 왔는데, 영주의 키가 피터만 하더라고 말했다. 그 말을 들은 피터가 셔츠의 깃을 얼마나 높이 치켜세웠는지, 여러분이 그 자리에 있었더라면 피터의 머리를 볼 수 없었을지도 모르겠다. 이야기가 오가는 동안, 주전자와 군밤이 몇 번이나 돌고 돌았고, 막내 팀이 그 가녀린 목소리로 눈 속에서 길을 잃은 소년에 관한 노래를 부르기 시작했다. 정말로 아름다운 목소리였다.

특별히 자랑할 것이라곤 없는 그들이었다. 잘생긴 사람 하나 없었고 옷을 잘 차려입지도 못했다. 방수조차 되지 않는 신발을 신었고, 옷가지들도 초라하기 짝이 없었다. 피터는 전당포라면 자기 집처럼 훤히 알 정도로 집안 형편이 좋지 못했다. 하지만 그들은 행복해했으며 감사해했다. 서로에게 만족했고, 함께 하는 시간을 즐거워했다. 유령이 자리를 뜨면서 이제 그들의 모습은 점점 희미해져 갔지만, 유령의 횃불이 뿌려 준 물방울 속에서 그들은 더욱더 빛나고 행복해 보였다. 마지막까지도 스크루지의 시선은 끝까지 그들을, 특히 막내 팀에게 머물러 있었다.

어느새 밖은 점점 어두워졌고, 눈이 꽤 많이 내리고 있었다. 스크루지와 유령이 거리를 지나면서 본 부엌, 거실, 온갖 방에서 새어 나오는 불빛은 하나같이 환상적이었다. 이 집에서는, 즐거운 저녁을 위해서 준비된 만찬이 뜨거운 난로 불빛에 아른거렸고, 추위와 짙은 어둠을 막아 주는 빨간 커튼이 드리워져 있었다. 저 집에서는, 아이들이 결혼해서 먼저 출가한 형제, 자매, 사촌, 삼촌과 숙모들에게 자기가 먼저 인사하겠다고 눈 오는 거리를 앞다투어 달려 나왔다. 또 어떤 집에서는, 블라인드가 내려진 창문으로 손님들과 즐겁게 이야기를 나누는 그림자가 어른거렸고, 또 다른 집에서는, 예쁜 겨울 모자를 쓰고, 털신을 신은 아가씨 무리들이 재잘거리며 이웃집으로 우르르 몰려가고 있었다. 얼굴이 달아오른 아가씨들이 몰려오는 것을 본 이웃집에 혼자 사는 총각은 고민스러운 한숨을 내쉬며(새침데기 마녀들, 그녀들도 뻔히 다 알고 있다) 어쩔 줄 몰라 했다.

정겨운 모임에 가느라 바쁘게 발걸음을 재촉하는 사람들이 너무도 많아서 모든 집마다 장작을 굴뚝 절반 높이만큼 쌓아 두고 손님들을 기다리기는커녕 막상 도착해도 반겨 줄 사람조차 하나 없을 것만 같았다. 유령이 이런 곳에 축복을 내려주면서 얼마나 기뻐했는지! 넓은 가슴을 드러내고, 넓적한 손바닥을 쫙 편 채 발길이 닿는 곳마다 선한 축복을 뿌리고 다녔다.

오늘 저녁 어딘가에서 좋은 시간을 보내기 위해 한껏 멋을 부린 점등원은 어두운 거리에 붉을 밝히며 지나다가 유령이 자기 옆으로 지나가자 크게 웃었다. 이 점등원은 오늘이 크리스마스라는 사실은 알았겠지만, 유령이 자신의 길동무였다는 사실은 상상도 못했을 것이다.

이제 스크루지와 유령은 황량하고 인적이 드문 곳에 서 있었다.(유령은 어디로 가는지 한 마디도 하지 않았다) 그곳에는 마치 거인들의 무덤 같은 거친 바위덩이들이 널려 있었다. 얼음에게 포로로 잡히지만 않았더라면 물이 제멋대로 흘러 다녔을 것 같은 벌판에는 이끼와 가시 달린 꽃과 무성한 잡초 이외에 아무것도 없었다. 서쪽 지평선으로 붉은 광선을 내뱉으며 기울어지던 해는 언짢은 눈으로 황무지를 노려보더니, 눈살을 찌푸리며 아래로, 아래로 내려가다가 마침내 짙은 어둠 속에서 길을 잃고 말았다.

스크루지가 물었다.

"여기가 어딘가요?"

유령이 대답했다.

"대지의 창자에서 일하는 광부들이 사는 곳이다. 그들은 나를 알고 있지. 저기를 보아라!"

어느 오두막 창으로 불빛이 새어 나왔다. 그들은 순식간에 그 곳으로 갔다. 진흙과 돌로 지어진 벽을 통과하자, 활활 타오르는 난롯가에 둘러앉아 기쁨으로 들떠 있는 한 무리를 발견했다. 나이가 많은 어르신들과 그들의 자녀들, 손자들, 손자의 자녀들, 모든 세대들이 크리스마스를 기념하여 화려한 옷차림을 하고 있었다. 노인은 불모지에서 불어 대는 바람 소리에 빼앗겨 버릴 것만 같은 목소리로 자녀들에게 크리스마스 노래를 불러 주고 있었고(이 노래는 노인이 소년일 때부터 내려오는 오래된 노래다), 이따금씩 가족 모두가 합창을 했다. 자녀들이 목청을 높이면 노인도 신나서 소리를 높였고, 자녀들이 노래를 멈추면 노인의 목소리도 작아졌다.

유령은 그곳에서 오래 머물지 않고 스크루지에게 자신의 옷자락을 꼭 붙잡으라고 하고는 황무지 위를 날아갔다. 어디로 가는 걸까? 설마 바다는 아니겠지? 아니, 그랬다. 정말 바다로 가고 있었다. 스크루지가 겁에 질려서 뒤를 힐끗 돌아보니, 육지의 끝을 알리는 흉측한 바위 절벽이 보였다. 천둥이 치는 듯한 물소리와 자신이 파놓은 무시무시한 동굴 속에서 포효하는 파도가 육지를 집어삼키려고 분노할 때마다 스크루지는 귀가 떨어져 나갈 것만 같았다.

해안에서 5킬로미터 정도 떨어진, 일 년 내내 거친 파도에 부딪치고 부서져서 거칠어진 암초 위에 등대 하나가 외롭게 서 있었다. 등대 아래쪽에 엄청난 양의 해초가 들러붙어 있었고, 갈매기들은(해초가 바다에서 태어나듯이 이들은 바람에서 태어나는지도 모른다) 넘실대는 파도만큼이나 등대를 오르락내리락하고 있었다.

하지만 아무리 이런 곳이라 할지라도, 늘 이곳을 지켜온 두 남자는 불을 피웠다. 그 불빛은 두꺼운 돌벽에 뚫려 있는 작은 창문을 통해 무서운 바다로 새어 나왔다. 두 남자는 엉성한 테이블을 사이에 두고 굳은살 박인 손을 서로 맞잡은 채 독한 술을 마시며 서로에게 크리스마스 인사를 하고 있었다. 이들 중 나이가 많은 노인이(그는 거친 파도에 수없이 상처를 입은 오래된 낡은 배의 장식물처럼 여기저기 찢어지고 흉터투성이 얼굴을 하고 있었다) 거센 바람과도 같은 힘찬 노래를 불렀다.

유령은 검고 음침한 바다 위를 한참이나 날아서 스크루지에게 말한 대로 육지에서 한참이나 먼 바다 한복판에서 환한 빛

을 뿜고 있는 배 위로 올라갔다. 둘은 키잡이, 망보는 사람, 갑판에서 보초를 서 있는 사람들 곁으로 다가갔다. 한 사람 한 사람 모두 각자의 위치에서 시커멓고 기괴한 모습으로 서 있었지만, 하나같이 크리스마스 캐럴을 흥얼거리거나, 예전 크리스마스 때의 추억을 떠올리거나, 다시 그 시절로 돌아가고 싶은 마음을 가득 담아 옆에 있는 동료에게 크리스마스에 대한 즐거운 이야기를 들려주기도 했다. 깨어 있건 잠을 자건, 심성이 고운 사람이건 나쁜 사람이건, 배 위의 모든 선원들은 다른 날과는 다르게 오늘만큼은 다정한 말을 주고받으며, 축제를 즐기고 있었다. 그들은 멀리 두고 온 가족을 생각하고 있었으며, 가족도 자기를 생각하며 기뻐하고 있다는 사실을 잘 알고 있었다.

바람이 흐느끼는 소리를 들으며, 이 장엄한 광경을 바라보면서, 심오한 비밀을 간직한 미지의 심해 위에 깔려 있는 적막한 어둠을 지나가는 것은 스크루지에게는 커다란 놀라움이었다. 이런 생각에 깊이 잠겨 있는 사이 어디선가에서 들리는 웃음소리 또한 스크루지를 놀라게 했다. 하지만 더욱 놀랄 만한 것은 이 웃음소리의 주인공이 자신의 조카라는 사실이었다. 스크루지는 조카를 바라보며 따뜻한 미소를 짓고 있는 유령과 함께 환하고 아늑한 방 안에서 자신의 조카를 바라보고 있었다.

스크루지의 조카가 웃었다.

"하하! 하하하!"

혹시 그럴 리는 없겠지만, 스크루지의 조카보다 더 유쾌하게 웃는 사람을 알고 있다면 나에게 꼭 소개해 주길 바란다. 나도 그 사람과 친한 친구가 되고 싶으니까.

슬픔이나 질병과 마찬가지로 웃음소리와 행복한 기분처럼 주변 사람들에게 전염이 잘 되는 것도 없으니, 이 얼마나 정당하고 공평하며 숭고한 만물의 섭리란 말인가! 스크루지의 조카가 배를 움켜쥐고 머리를 흔들며, 얼굴까지 일그러뜨리며 웃어 대자 스크루지의 조카며느리도 남편만큼이나 유쾌하게 웃어 댔다. 그리고 그 주변에 있던 친구들까지도 이에 뒤질세라 큰 소리로 웃었다.

"하하하! 하하하하하하!"

스크루지의 조카가 큰 소리로 말했다.

"외삼촌은 크리스마스가 가치 없는 일이라고 말씀하셨어. 정말로 그렇게 믿고 계시더라고."

조카며느리가 분개한 목소리로 말했다.

"정말 부끄러운 일이군요, 프레드."

이런 여자들에게 축복이 있기를! 무엇이든 적당히 넘어가는 법이 없다. 매사에 항상 열심이다.

조카며느리는 아주 예뻤다. 어딜 가도 돋보이는 외모였다. 보조개를 가지고 있으면서 놀란 표정을 잘 짓는, 입 맞추고 싶은 (턱 주위의 작은 점들이 웃을 때 하나로 합쳐진 것처럼 보일 때나 아기 사슴같이 반짝이는 두 눈을 보고 있으면 정말 그렇다) 빨갛고 작은 입술을 가진, 이 세상 누가 봐도 만족할 만큼 뛰어난 미인이었다. 정말 완벽하다!

스크루지의 조카가 말했다.

"외삼촌은 정말 재미있는 노인네야. 정말 그래. 사실 즐겁게 사실 수도 있는데 그러지 않으시지. 하지만 그런 괴팍한 성격 때문에 스스로 벌을 받고 계시니, 나까지 굳이 비난할 필요는 없어."

조카며느리가 넌지시 말했다.

"그래도 그분은 재산이 아주 많잖아요, 프레드. 당신이 항상 내게 말해 왔잖아요."

"그러면 뭐 하겠어? 그 돈은 외삼촌에게 아무 소용이 없는걸.

그 돈으로 좋은 일을 하는 것도 아니고, 편안하게 즐길 줄도 모르는데. 그렇다고 우리 가족 도와주는 일은 생각조차 안하시겠지, 하하하하!"

"난 그런 사람 참을 수 없어요!"

조카며느리에 말에 그녀의 여동생들과 다른 여자들도 같은 생각이라며 거들었다.

스크루지의 조카가 말했다.

"난 참을 수 있어! 난 삼촌이 안됐어. 아무리 화를 내려고 해도 그렇게 할 수가 없어. 그 고약한 성격 때문에 가장 고통받는 사람이 누구겠어? 항상 그분 자신이지. 자, 외삼촌은 우리를 미워해야 한다는 생각이 단단히 머리에 박히셔서, 오늘 우리 집에도 안 오셨고 물론 우리와 식사도 안 하셨지. 결과가 어때? 뭐, 대단한 저녁 만찬을 놓쳤다고 할 순 없겠지만."

"아주 훌륭한 저녁식사를 놓친 건 맞아요."

조카며느리가 끼어들자 다른 사람들도 그 말에 동의했다. 사실 그들은 충분히 그럴 만한 자격이 있는 사람들이었다. 왜냐하면 그들은 막 저녁식사를 끝내고, 난로 주변의 테이블에 둘러앉아 후식을 먹고 있으니까 말이다.

스크루지의 조카가 말했다.

"그런 말을 들으니까 너무 기쁘군. 사실 난 요즘 젊은 주부들의 요리 솜씨를 별로 신뢰하지 않거든. 이봐, 토퍼, 자네는 어떻게 생각하나?"

토퍼는 스크루지 조카며느리의 동생 중 한 명을 애타게 바라보며, 결혼도 못한 남자는 그런 문제까지 신경 쓸 여력이 없는 불쌍한 사람일 뿐이라고 말했다. 그 말에 조카며느리의 동생 (장미꽃을 단 아가씨가 아니라, 레이스 장식을 한 아가씨이다) 얼굴이 빨갛게 달아올랐다.

조카며느리가 손뼉을 치며 말했다.

"계속 얘기해 보세요, 프레드. 이이는 말을 시작하면 제대로 끝내는 법이 없다니까. 정말 엉뚱한 데가 있는 사람이야."

스크루지의 조카는 다시 크게 웃어 젖혔고, 그 웃음의 전염성을 막을 순 없었다. 통통한 처제는 따라 웃지 않으려고 향초 냄새를 맡으면서 갖은 애를 썼지만 결국 그 웃음에 전염되고 말았다. 결국 한 사람도 빠짐없이 모두들 조카를 따라 웃음을 터뜨리고 말았다.

조카가 말했다.

"내가 하고 싶은 말은 이거야. 외삼촌이 우리를 싫어해서 우리와 함께 있는 것을 원하지 않으신 탓에, 즐거운 순간을 놓치게 된다는 것이지. 물론 그렇다고 해서 외삼촌이 손해 보는 건 없겠지만, 곰팡이 냄새나는 낡은 사무실이나 먼지투성이 방에서 쪼그리고 앉아 깊은 생각에 잠겨 있는 것보다 훨씬 즐겁게 보낼 수 있는 시간을 놓치고 계신 건 분명하지. 그래서 나는 해마다 외삼촌이 좋아하시든 싫어하시든 항상 기회를 드리고 싶은 거야. 아마 외삼촌은 돌아가시는 날까지 크리스마스를 싫어하실지도 모르지만, 그래도 내가 매년 찾아가서 '스크루지 삼촌, 잘 지내시죠?'라고 인사하다 보면 언젠가는 크리스마스에 대한 생각이 바뀌실지도 몰라. 만약 나중에 외삼촌이 사무실에서 일하는 서기에게 유산으로 50파운드쯤이라도 남겨 줄 의향이라도 생긴다면, 그것만으로도 매우 의미 있는 일이야. 사실 어제만 해도 내가 외삼촌의 마음을 좀 움직였던 것 같아."

이제는 조카가 아니라 다른 사람들이 한바탕 웃을 차례인가 보다. 스크루지의 마음을 움직였다니. 하지만 너그러운 성격의 조카는 사람들이 왜 웃는지 별로 신경 쓰지 않고, 그저 사람들을 웃게 만들었다는 사실에 고무되어서, 더욱 흥겨운 분위기를 만들기 위해 열심히 술잔을 돌렸다.

차를 마시고 나서, 그들은 노래를 불렀다. 워낙 음악을 좋아하는 가족인지라 자기들이 무슨 노래를 불러야 하는지 잘 알았다. 내가 확신하건대, 그들의 무반주 합창이나 돌림노래 솜씨는 보통이 아니었다. 특히, 토퍼는, 멋진 저음을 내면서 고음마저도 이마에 핏대를 세우거나 얼굴을 붉히지 않고서도 잘 소화했다. 스크루지의 조카며느리는 하프를 훌륭하게 연주했다. 연주곡 중에는(여러분도 2분만 연습하면 휘파람으로 흥얼거릴 수 있는) 아주 간단한 곡도 섞여 있었다. 과거의 크리스마스 유령이 스크루지를 기숙학교에 데리고 갔을 때, 스크루지를 데리러 왔던 어린 여동생이 자주 흥얼거리던 노래였다. 그 선율이 흘러나오자 과거의 유령이 보여 주었던 장면들이 자꾸만 머릿속에 맴돌아 스크루지는 점점 마음이 부드러워졌다. 만약 몇 년 전부터 종종 이 노래를 들었더라면, 제이콥 말리를 묻었던 교회 묘지 관리인의 삽에 의지하지 않고도, 자신을 돌아보며 스스로의 힘으로 행복한 삶을 만들어 나갈 수 있었을 것이라고 생각했다.

사람들은 음악으로만 저녁 시간을 보내지 않았다. 잠시 후에 그들은 게임을 하기 시작했다. 가끔씩 동심의 세계로 돌아가는 것은 매우 좋은 일이며, 그러기에는 크리스마스만큼이나 좋은 날도 없지 않은가. 위대한 크리스마스가 만들어진 것도 어린 아기 때문이었으니까. 잠깐! 동심으로 돌아가기에 좋은 놀이가 있다. 바로 장님놀이! 물론 그렇고말고. 토퍼의 신발에 눈이 달렸다면 믿을까. 토퍼가 완벽하게 눈을 가리고 있다고는 믿을 수가 없었다. 내 생각에는 토퍼와 스크루지 조카 사이에 어떤 사전 모의가 있었던 게 분명했고, 유령도 이 사실을 이미 알고 있는 듯했다. 인간의 천성을 잊은 것처럼 토퍼는 레이스 장식을 한 통통한 아가씨의 뒤만 졸졸 쫓아다녔다. 토퍼는 난로 부지깽이를 넘어뜨리고, 의자에 걸려 구르기도 하고, 피아노에 부딪치고, 커튼 사이에 감겨 숨이 막히면서까지, 그녀가 가는 곳만 따라다녔다! 토퍼는 통통한 아가씨가 있는 곳은 기가 막히게 잘 알아냈다. 다른 사람들은 잡으려고 하지도 않았다. 만약 당신이 일부러 토퍼와 부딪친다면(그들 중 몇몇은 실제로 그랬다) 당신을 잡으려고 애쓰는 척하겠지만, 그 속을 뻔히 알고 있는 당신을 무시하고는 즉시 방향을 바꿔서 통통한 아가씨가 있는 쪽으로 슬금슬금 다가갈 것이다. 그 아가씨는 몇 번이나 공평하지 않다고 소리쳤는데, 사실 정말로 불공평했다. 하지만 마침내 토퍼가 그 아가씨를 잡았을 때 한 행동은 밉살스럽기 짝이 없었다. 아가씨가 비단옷을 펄럭이며 재빨리 토퍼 옆을 피해 가려고 노력했지만, 그는 도저히 빠져나갈 수 없는 구석으로 그녀를 몰아넣었다. 토퍼는 잡힌 사람이 누구인지 모르는 척하며 머리 장식을 더듬어 보고, 더 확실히 알아본다며 손가락에 낀 반지를 만지고, 목에 건 목걸이도 만지작거렸다. 음흉한 늑대 같으니! 다른 사람이 술래가 되고, 그 둘이 커튼 뒤 은밀한 장소에 함께 숨었을 때, 그녀가 토퍼의 엉큼한 행동을 두고 한 마디 했을 것이라는 것은 의심할 여지가 없었다.

스크루지의 조카며느리는 장님놀이에 끼지 않고 아늑한 구석에 놓인 커다란 의자에 앉아 발판에 발을 올린 채 편히 쉬고 있었다. 유령과 스크루지는 그녀의 뒤에 바짝 붙어 있었다. 하지만 조카며느리 역시 이내 놀이에 참가했고, 알파벳 글자 맞추기 게임에 푹 빠져 버렸다. 뿐만 아니라 '어떻게, 언제, 어디서' 놀이에도 매우 뛰어나서 토퍼의 말에 의하면 두뇌회전이 뛰어나다는 동생들의 코를 납작하게 만들었으며, 이를 본 그녀의 남편 또한 내심 기분이 좋았을 것이다. 그 자리에 모인 이들은 청년부터 중년에 이르기까지 대략 스무 명 남짓 모여 있었는데, 한 사람도 빠지지 않고 모두 놀이에 참가했으며, 스크루지까지도 그 놀이에 끼어들었다. 스크루지는 자기가 현재 어떤 상황인지 파악하지 못한 채, 그 놀이에 정신이 빠져들어 자기 목소리는 전혀 들리지 않는다는 사실을 까맣게 잊고서는 이따금씩 자기가 추측한 답을 고래고래 소리 질렀다. 추측한 답은 꽤 잘 맞았다. 바늘귀가 절대로 부러지지 않으며 날카로움으로는 최고 품질을 자랑하는 화이트채플사의 바늘도 스크루지의 추측보다는 예리하지 못했다.

유령은 놀이에 열중하는 스크루지를 보며 몹시 흡족해했다. 스크루지는 다른 손님들이 떠날 때까지 이곳에 머물러 있게 해 달라고 어린아이처럼 졸라 댔다. 하지만 유령은 더는 그럴 수 없다고 말했다.

스크루지가 애원했다.

"새로운 게임을 시작하잖아요. 유령님 딱 30분만, 아니 딱 한 게임만이라도."

그것은 '예, 아니요'라는 놀이였다. 스크루지의 조카가 머릿속에 무언가를 떠올리면 나머지 사람들이 그것이 무엇인지 알아 맞히는 놀이였다. 사람들이 질문을 던지면 '예, 아니요'로만 대답할 수 있었다. 사람들의 질문이 쏟아져 나왔고 하나씩 궁금증이 벗겨졌다. 스크루지의 조카가 생각하는 것은 생각하는 동물, 살아 있고, 불쾌하기도 하고, 혐오스럽고, 성격이 온순하지도 않으면서 이따금씩 말을 하고, 런던에 살고 있어서 런던 거리를 걸어 다니기도 하지만 그렇다고 구경거리거나 사람에게 끌려다니지도 않고, 철장에 사는 동물도 아니고, 절대로 장터에서 도살돼 팔리는 일도 없다. 말도, 나귀도, 암소도, 황소도, 호랑이도, 개도, 돼지도, 고양이도, 곰도 아니라는 사실까지 밝혀졌다. 새로운 질문이 나올 때마다 조카는 소리 내어 크게 웃어 댔다. 몸을 주체할 수 없을 정도가 되자 소파에서 일어나 발을 쿵쿵 찍어 댔다. 마침내 그 통통한 아가씨도 조카와 비슷한 지경이 되더니 웃으면서 소리쳤다.

"뭔지 알았어요! 그게 뭔지 알겠어요, 프레드."

"정답이 뭐지?"

"형부의 외삼촌 스.크.루.지!"

정답이었다. 모든 사람들이 감탄했다. 그럼에도 불구하고 '그것은 곰인가요?'라는 질문에 프레드가 '예!'라고 대답했어야 했다고 항의하는 사람도 몇 있었다. 그들은 이미 정답이 스크루지라고 예상하고 있었지만, 프레드가 그 질문에 '아니요!'라고 답했기 때문에 생각을 다른 방향으로 바꿔 버렸다는 것이었다.

프레드가 말했다.

"확실히 외삼촌 덕분에 우리가 즐거웠던 것은 분명합니다. 그러니 그분의 건강을 위해 우리가 축배를 들지 않는다면 말도 안 되겠죠. 마침 우리 손에 포도주 잔도 준비되어 있으니 그분을 위하여 건배합시다. 스크루지 삼촌을 위하여!"

그러자 모두들 따라서 외쳤다.

"스크루지 삼촌을 위하여!"

스크루지의 조카가 말했다.

"스크루지 삼촌이 어떤 분이시든, 즐거운 크리스마스와 행복한 새해가 되시기를. 삼촌은 나에게 이런 축복을 받으려고 하지 않으시겠지만, 어찌 됐건 스크루지 삼촌을 위하여!"

스크루지는 겉으로 표현하지는 않았지만, 무척이나 기분이 좋아졌다. 유령이 시간을 조금만 더 주었더라면, 설령 그의 말이 들리지 않고 자신을 보지 못하더라도 그들을 위해 축배를

들고 싶었다. 하지만 조카의 말이 끝나자 이 장면은 사라져 버렸고, 유령과 스크루지는 다시 여행길에 올랐다.

그들은 많은 것을 보았고, 먼 곳을 여행하였으며, 많은 가정을 방문하였지만, 항상 결과는 행복했다. 유령이 병상에 누워 있는 환자 곁에 서 있으면 환자는 이내 생기를 되찾았고, 고향을 떠나 타지 생활을 하는 사람들은 마치 고향집에 온 것 같은 느낌을 받았다. 곤경에 빠진 사람들은 희망을 품고 고통을 이겨 냈으며, 가난한 사람들은 마음이 풍요로워졌다. 자신들의 하찮은 권위를 과시하는 인간들이 문을 걸어 잠그지 않고 유령이 오는 것을 막지 않았기에, 빈민 수용소, 병원, 감옥 같은 모든 불행한 사회시설에 유령은 축복을 내려 주었고, 스크루지에게는 가르침을 주었다. 만약 이 모든 일이 하룻밤 사이에 일어난 일이라고 한다면, 그것은 기나긴 밤이라고 할 수 있을 것이다. 하지만 스크루지는 정말 하룻밤에 일어난 일이라고는 믿을 수가 없었다. 왜냐하면 크리스마스 연휴 내내 유령과 함께 보낸 것 같은 느낌을 받았기 때문이다. 그리고 이상하게도 스크루지의 모습은 그대로인데, 유령의 모습은 눈에 띄게 늙어 가고 있었다. 스크루지는 아까부터 유령의 변화를 눈치채고 있었지만 한 마디 언급도 하지 않고 있다가, 아이들의 주현절 파티 장을 떠나 넓은 들판에 섰을 때 유령의 머리가 백발이 다 된 것을 보고 물어보았다.

"유령님의 수명은 짧은가 보네요?"

"이승에서의 내 수명은 매우 짧지. 오늘 밤에 끝나니까."

스크루지가 소리쳤다.

"오늘 밤에 끝난다고요?"

"오늘 밤 자정까지다. 이제 그 시간이 가까워지고 있지."

그때 열한 시 사십오 분을 알리는 종소리가 울렸다.

스크루지는 유령의 옷을 자세히 들여다보며 말했다.

"무례한 질문이라면 용서하십시오. 제 눈에 이상한 것이 보입니다. 유령님의 몸이 아닌 것 같은 것이 옷자락 밖으로 튀어나와 있군요. 이게 발인가요, 아니면 발톱인가요?"

유령은 슬픈 목소리로 말했다.

"살이 붙어 있지 않은 걸로 봐서 아마 발톱이겠지. 자, 여길 봐라!"

유령은 옷자락 아래에서 불쌍하고, 초라하고, 소름 끼치고, 비참한 꼴을 한 아이 두 명을 끄집어냈다. 아이들은 유령의 발

아래 무릎을 꿇고 옷자락에 매달렸다.

유령이 소리쳤다.

"여기를 보아라. 이 아래를 보아라!"

남자아이와 여자아이였다. 얼굴이 누렇게 뜨고, 깡마르고, 누더기 차림에 이리 새끼처럼 사나워 보였지만, 적개심 속에 감추어진 비굴함도 엿보였다. 그 아이들의 얼굴에는 어린아이다운 순진함과 밝은 혈기는 온데간데없고, 세월의 모진 풍파를 당한 늙은이의 손처럼 생기 없고 주름진 몰골만 남아 있었다. 천사가 영광스럽게 앉아 있어야 할 그 자리에 악마가 차지해 으르렁대며 노려보고 있는 것만 같았다. 신비로운 창조의 모든 과정 중에 제아무리 인간성을 변화시키고, 타락시키고, 왜곡시키며, 악용하여 끔찍하고 흉측한 괴물을 만들어 낸다 한들 아마 이들의 절반도 따라가지 못할 것이다.

스크루지는 흠칫 놀라 뒷걸음쳤다. 어찌 됐건 유령이 아이들을 보여 줬으니 어떻게든 괜찮은 아이들이라고 말하고 싶었지만, 그런 엄청난 거짓말을 하기보다 차라리 말이 목에 걸려 질식하는 게 나을 듯했다.

"유령님의 아이들입니까?"

스크루지는 더 이상 말을 잇지 못했다.

유령은 아이들을 내려다보며 말했다.

"인간의 아이들이다. 이들은 제 아비에게서 구해 달라고 내게 매달리며 호소하고 있다. 남자아이의 이름은 '무지'이고 여자아이의 이름은 '궁핍'이다. 이 두 아이를 조심해라. 이 두 아이와 비슷한 것들까지도 경계해라. 하지만 무엇보다도 이 남자아이를 조심해야 한다. 내 눈에는 이 아이의 이마에 쓰여 있는 '파멸'이 보인다. 이 글자가 지워질 때까지 이 아이를 물리쳐야 한다!"

유령은 도시를 향해 손을 뻗었다.

"그것을 물리치라고 말하는 사람에게 복종해라! 너의 이기적인 목적을 위해서 계속 '무지'를 받아들인다면, 아마 점점 더 심해질 것이다. 그리고 결국엔 세상이 파멸하겠지!"

스크루지가 소리쳤다.

"이들을 돌봐 줄 시설 같은 곳이 있잖아요?"

"감옥이 없느냐고? 빈민 수용소가 없느냐고?"

유령은 스크루지가 예전에 했던 말을 그대로 되돌려 주었다.

열두 시를 알리는 종이 울렸다.

스크루지는 주위를 돌아보며 유령을 찾았지만 아무것도 보이지 않았다. 마지막 종소리의 진동이 멈췄을 때, 말리의 유령이 말한 예언이 떠올랐다. 그리고 고개를 들어 보니 근엄한 유령이 모자가 달린 긴 옷을 바닥에 끌며, 마치 땅 위에 깔려 있는 안개처럼 자신에게 다가오는 모습이 보였다.

04
미래의 크리스마스 유령

유령은 천천히, 장엄하게, 소리 없이 다가왔다. 유령이 다가서자 스크루지는 무릎을 꿇었다. 이번 유령은 대기를 뚫고 오면서 공기 속에 어둠과 신비를 뿌리고 다니는 것 같았다.

유령의 머리와 얼굴이 검은색 망토로 덮여 있어서 밖으로 빠져나온 손을 제외하고는 아무것도 보이지가 않았다. 만약 손마저 볼 수가 없었다면, 칠흑 같은 어둠 속에서 유령의 형체를 알아보기도 어둠과 유령을 구별하기도 어려웠을 것이다.

유령이 가까이 다가오자 스크루지는 유령이 키가 크고 풍채가 당당하다는 것을 깨달았으며 그 신비스러운 분위기에 자신도 모르게 위축되었다. 하지만 유령은 한 마디 말도, 움직임도 없었기 때문에 더 이상 유령에 대해 설명할 길이 없었다.

스크루지는 먼저 말을 건넸다.

"저는 지금 오시기로 예정된 미래의 크리스마스 유령님과 함께 있는 거죠?"

유령은 아무 대답도 하지 않고 그저 손으로 앞을 가리켰다.

스크루지는 계속 물었다.

"유령님은 아직 제게 일어나지는 않았지만 앞으로 일어날 일들에 대해 보여 주시려고 오신 겁니다. 제 말이 맞죠?"

마치 고개를 끄덕인 것 같이 유령의 윗부분에 주름이 살짝 잡혔다. 그것이 스크루지가 얻어 낸 유일한 대답이었다.

스크루지는 이미 유령과 여행을 하는 것에 제법 익숙해졌음에도 불구하고 아무런 대답도 없는 유령 앞에서 겁에 질려 다리가 후들거렸다. 막상 유령을 따라나서려고 준비할 때도 제대로 서 있는 것조차 힘들 지경이었다. 그런 모습을 본 유령은 스크루지가 마음을 추스를 수 있도록 시간을 주려는 듯 잠시 멈추었다.

하지만 스크루지는 점점 더 두렵게만 느껴졌다. 시커먼 망토

속에서 자신을 주시하고 있는 유령의 모습을 상상하니 더욱 소름이 끼치고 무서웠다. 아무리 목을 빼고 유령의 모습을 자세히 보려고 애를 써봐도 보이는 것은 검고 거대한 유령의 형체와 손뿐이었다.

스크루지가 소리쳤다.

"미래의 유령님! 당신은 제가 지금껏 만났던 어떤 유령보다 두렵습니다. 하지만 당신이 제게 좋은 가르침을 주려고 오셨다는 것도 잘 알고 있습니다. 저 또한 과거의 삶을 버리고 새로운 사람으로 다시 태어나고 싶으니 기꺼이 유령님과 동행할 준비가 되어 있습니다. 진심으로 드리는 말씀입니다. 그러니 제게 아무 말씀이라도 해주십시오."

그러나 유령은 아무런 대꾸도 하지 않았다. 그저 손으로 앞을 가리키고 있을 뿐이었다.

스크루지가 말했다.

"그럼 어서 인도해 주십시오. 시간은 저에게도 소중하니까요. 인도해 주십시오, 유령님!"

유령은 처음 스크루지에게 다가왔던 것처럼 소리 없이 움직였다. 스크루지는 유령의 옷이 드리운 그림자 뒤에 묻혀 따라

갔다. 스크루지는 유령의 그림자가 자신을 싣고 어디론가 데려가는 것 같다는 생각을 했다.

그들이 도시 안으로 들어갔다고 하기보다는 오히려 그들 주위로 도시의 건물들이 쑥쑥 솟아올라 순식간에 에워싸인 것 같은 느낌이었다. 어찌 됐건 그들은 상인들로 가득한 도시 한복판의 금전 거래소 앞에 서 있었다. 사람들은 주머니에 든 동전을 짤랑거리며 분주하게 이리저리 움직였고, 삼삼오오 무리 지어 이야기를 나누다가 시계를 꺼내 들여다보기도 했고, 금으로 만든 도장을 만지작거리며 깊은 사색에 빠지기도 했다. 여기까지는 스크루지가 늘 보던 익숙한 광경들이었다.

유령은 사업가 몇몇이 무리 지어 모여 있는 곳에서 멈춰 섰다. 유령은 그들을 향해 손을 가리켰다. 스크루지는 그쪽으로 다가가서 그들의 이야기에 귀를 기울였다.

턱이 여러 겹으로 겹쳐진 뚱뚱한 남자가 말했다.

"아니, 나도 자세히는 몰라. 그냥 그가 죽었다는 이야기만 들었어."

그러자 다른 남자가 물었다.

"언제 죽었대?"

"어젯밤이라고 하더라고."

세 번째 남자가 커다란 담뱃갑에서 많은 양의 담배를 한 주먹 꺼내면서 말했다.

"왜 죽었대? 혹시 무슨 일이라도 있었나? 절대 안 죽을 것 같더니만."

뚱뚱한 남자가 하품을 하며 말했다.

"하느님만 아시겠지."

그러자 코끝에 달린 혹이 칠면조 부리 밑에 늘어진 살처럼 흔들거리는 혈색 좋은 신사가 물었다.

"그럼 그 많은 재산은 어떻게 되는 거야?"

턱살 많은 뚱뚱한 남자가 다시 하품을 하며 말했다.

"어떻게 되는지는 듣지 못했지만, 아마 자기가 소속된 조합에 남겼겠지. 확실한 건 나한테는 한 푼도 남기지 않았을 거란 거야."

이 농담에 모두들 폭소를 터뜨렸다.

남자는 말을 이었다.

"장례식은 아주 저렴하게 치러질 거야. 내가 아는 사람 중에 누구 하나 가겠다는 사람이 없어. 우리라도 조문단을 구성해

보는 건 어때?"

코끝에 혹이 달린 남자가 말했다.

"점심이라도 준다면 못 갈 것도 없지. 만약 나를 끼워 넣으려면 먹을 것이 있어야 할 거야."

또다시 한바탕 웃음바다가 되었다.

뚱뚱한 남자가 말했다.

"그렇다면, 여기서 내가 가장 무관심한 사람이로군. 난 검은 장갑도 끼지 않을 거고, 점심도 얻어먹지 않을 거니까. 행여나 다른 사람들이 간다면 따라가 줄 순 있어. 생각해 보면, 그래도 내가 그 사람하고 가장 가깝게 지낸 사이가 아닌가 싶군. 그래도 우리는 길에서 만나면 멈추고 몇 마디라도 나누었으니까. 그럼, 잘들 가시게."

말하는 사람이나 듣는 사람이나 모두 슬그머니 흩어져서 또다른 무리 속에 섞였다. 스크루지는 그들과 잘 알고 지내던 사이였던지라, 어찌된 영문인지 알고 싶어서 유령을 쳐다봤다. 유령은 거리 쪽으로 미끄러져 갔다. 유령이 이야기를 나누고 있는 두 사람을 향해 손가락을 가리켰다. 스크루지는 여기서 무슨 설명이라도 들을 수 있을까 싶어 귀를 기울였다.

이 두 사람도 스크루지가 아주 잘 아는 사람들이었다. 매우 부유하고, 영향력이 있는 사업가들이었다. 스크루지는 그들에게 좋은 평판을 얻는 것을 매우 중요하게 여기며 살았다. 어디까지나 사업적인 입장에서 말이다. 누가 뭐래도 사업적인 입장이었다.

한 사람이 말했다.

"잘 지내셨습니까?"

다른 사람이 대답했다.

"사장님도 잘 지내시죠?"

첫 번째 남자가 말했다.

"간밤에 스크래치 영감(구어로 악마라는 뜻, 스크루지를 비꼬아 쓴 말이다: 옮긴이)이 죽었다던데, 들으셨습니까?"

두 번째 남자가 대답했다.

"저도 들었어요. 날씨가 참 춥죠?"

"크리스마스 시즌엔 이 정도가 적당하죠. 제 생각엔 사장님은 스케이트를 안 타실 것 같은데, 그렇죠?"

"예, 스케이트보다는 다른 운동을 생각하고 있습니다. 그럼 이만 실례하겠습니다. 좋은 아침 되세요."

그 이상 다른 말은 없었다. 그들만의 만남이었고, 그들만의 대화였으며, 그들만의 작별이었다.

처음에 스크루지는 유령이 이런 사소한 대화에 관심을 갖는 것을 보고 놀라워했다. 하지만 거기에는 반드시 중요한 의미가 담겨 있다는 확신이 들어서 곰곰이 생각해 보기로 했다. 그 대화가 죽은 옛 동업자인 제이콥 말리의 죽음과 관련 있을 리는 없었다. 말리의 죽음은 과거에 일어난 일이고, 지금은 미래의 유령이 관할하는 훗날의 일이기 때문이다. 그렇다고 그들의 대화 속에서 딱히 떠오르는 주변 사람도 없었다. 그러나 그들이 누구를 두고 하는 말이건 간에 자신에게 주는 어떠한 가르침이 확실히 있을 것만 같아, 들었던 단어 하나, 본 광경 하나하나를 빠짐없이 기억해 두기로 했다. 특히, 자신의 환영이 나타나면, 더욱 유심히 관찰해야겠다고 다짐했다. 미래의 자신이 할 행동이 지금은 놓치고 있는 일들에 대해 단서를 제공해 줄 것이고, 그렇게 되면 이 수수께끼도 쉽게 풀릴 것이라는 기대감을 가졌다.

스크루지는 그 자리에서 자신의 환영을 찾으려고 계속 두리번거렸지만, 평소에 자신이 자주 있던 구석 자리에는 다른 남자가 서 있었다. 시계가 가리키는 시간을 보면 분명 여기가 자신이 평소 있어야 할 장소였지만, 현관으로 밀려오는 사람들 중에는 자신의 모습과 비슷한 사람조차 없었다. 그러나 스크루지는 크게 당황하진 않았다. 새로운 사람으로 거듭나겠다는 다짐을 줄곧 해오던 터라 아마 이곳에 자신이 보이지 않는 것도 자신의 다짐이 미래에 반영되었기 때문이 아닐까 하는 희망을 가졌다.

스크루지 곁에는 유령이 어둠 속에서 말없이 손을 앞으로 뻗은 채 서 있었다. 깊은 생각에 잠겼다가 정신을 차린 스크루지는 유령이 가리키고 있는 곳이 자신이 서 있는 곳과 다르지 않다는 것을 느꼈고, 유령의 날카로운 눈이 자신을 응시하고 있다는 것을 깨닫는 순간, 온몸이 떨리고 피가 마르는 것 같았다.

그들은 번잡한 대로를 지나 시내의 으슥한 골목으로 접어들었다. 스크루지도 그곳을 둘러싼 악명은 누누이 들어왔지만, 한 번도 가본 적 없는 곳이었다. 통로는 불결하고 비좁았으며, 가게와 집들은 금방이라도 무너질 듯이 허름했고, 길바닥에는 술에 잔뜩 취한 사람들이 헐벗은 채로 여기저기 널려 있는, 매우 추악한 모습이었다. 작은 통로들은 시궁창이나 다름없었고,

굴다리 밑에서 올라오는 역겨운 하수구 냄새들이 골목골목마다 흘러 다녔다. 그곳 어디를 가나 범죄와 빈곤과 매춘이 판을 쳤다.

이 악명 높은 소굴 깊숙한 곳에 가게가 하나 있었다. 출입구가 툭 튀어나와 있고 지붕에 천막을 달아 그 밑에서 쇠붙이, 넝마, 빈 병, 뼈다귀, 비계 기름 같은 것을 사고파는 가게였다. 안으로 들어가자 녹슨 열쇠, 못, 쇠사슬, 경첩, 철판, 저울, 추 같은 각양각색의 고철들이 바닥에 산더미처럼 쌓여 있었다. 볼품없는 넝마덩이와 부패한 비곗덩어리, 뼈 무더기 속에서 차마 말하고 싶지 않은 비밀들이 숨어서 자라나고 있었다. 낡아 빠진 벽돌로 만들어진 난로 곁에는 일흔쯤 되어 보이는 머리 희끗희끗한 건달 같은 노인이 쓰레기 더미와 함께 앉아 있었다. 그는 차가운 공기가 들어오지 못하게 곰팡이 냄새가 풍기는 넝마 조각을 걸어 둔 줄 안에서 조용히 담배를 태우며 나름 화려한 은퇴생활을 즐기고 있었다.

스크루지와 유령이 그쪽으로 다가서는 사이에, 묵직한 짐 꾸러미를 든 한 여자도 가게 안으로 살금살금 들어왔다. 그러나 그 여자가 미처 들어가기도 전에 비슷한 짐 꾸러미를 든 또 다른 여자가 들어섰고, 그 여자 바로 뒤로 낡은 검정 옷을 입은 남자가 따라 들어왔다. 그들은 서로 눈이 마주치자 깜짝 놀라는 눈치였다. 파이프를 문 노인까지 합세해서 아주 잠깐 동안 깜짝 놀라하는 눈치더니, 이내 그들은 모두 한바탕 웃음을 터뜨렸다.

처음으로 들어선 여자가 소리쳤다.

"파출부가 가장 먼저입니다! 세탁부가 두 번째고, 장의사가 세 번째군요. 한번 보세요. 조 영감님, 이 얼마나 기막힌 우연입니까! 꼭 무슨 꿍꿍이가 있어 이렇게 셋이 만난 것 같잖아요."

조 영감은 입에서 파이프를 뺐다.

"그럴 거면 여기보다 나은 데가 없지. 응접실로 들어오시오. 오래전부터 마음 놓고 드나들던 곳이잖소. 여기 두 사람도 서로 모르는 사이도 아니고. 내가 가게 문을 닫을 때까지만 잠시만 기다리시게. 이런! 망할 놈의 문짝 같으니라고! 세상에 여기 붙어 있는 경첩만큼이나 녹슬어 빠진 쇠붙이는 어디 가도 없을 거야. 하긴, 내가 가지고 있는 뼈다귀만큼 오래 묵은 뼈다귀도 찾긴 힘들겠지. 히히히! 우린 이게 천직이야. 이 일이 아주 잘 맞지. 자, 이제 들어오게. 응접실로 들어오라고."

응접실이란 넝마 줄 뒤쪽에 위치한 빈 공간을 뜻하는 말이었다. 노인은 낡은 지팡이로 난로의 재를 긁어내고 파이프 손잡이로 그을린 심지를 다시 세우고는(밤이었기 때문에) 파이프를 다시 입에 물었다. 노인이 그러는 사이 조금 전에 입을 열었던 여자는 이미 짐 보따리를 마룻바닥에 내동댕이치고 거만하게 앉아 있었다. 양쪽 팔꿈치를 자기 무릎 위에 올려 두고 턱을 괸 채, 다른 두 사람을 노려보고 있었다. 여자가 말했다.

"그래서 그게 어떻다는 거지? 그게 무슨 상관이야, 딜버. 자기 것은 항상 자기가 챙겨야지! 그놈도 항상 그랬잖아!"

그러자 세탁부가 말했다.

"그건 맞아! 그놈보다 지독한 놈은 없었지!"

처음 여자가 말했다.

"그렇다면 그렇게 겁에 질려 우리를 노려보며 서 있지 말라고, 이 여자야! 우리가 지금 서로를 함정에 빠뜨리려고 속이고 있는 건 아니잖아, 안 그래?"

딜버 부인과 노인이 동시에 대답했다.

"당연히 아니지! 그럴 리가 있나."

처음 여자가 다시 소리쳤다.

"그렇다면, 됐어! 충분하다고! 이딴 거 몇 개 없어졌다고 해서 누가 망하기라고 하나? 어차피 그 노인네는 죽어 버렸는데, 안 그래?"

딜버 부인이 웃으며 대답했다.

"맞는 말이야."

처음 여자가 말했다.

"그 고약한 영감탱이가 죽고 나서도 자기를 지키고 싶었다면 살아 있을 때 잘했어야지. 안 그래? 만약 그랬으면 죽을병에 걸려서 시름시름 앓고 있을 때, 누군가는 와서 돌봐 줬을 거 아냐. 그렇게 혼자 초라하게 죽음만을 기다리고 있진 않았겠지."

딜버 부인이 말했다.

"지금까지 들었던 말 중에 가장 바른말 같군. 그 노인네는 천벌을 받은 거야."

처음 여자가 거들었다.

"사실 나는 그 노인네가 더 지독한 벌을 받았으면 했었지. 그랬어야 했는데. 그랬으면 지금 내 손에 더 비싼 물건이 올라와 있겠지. 그럼 당신들도 더 가치 있는 물건을 훔쳤을 거 아냐.

조 영감, 저 꾸러미를 열고 전부 값이 얼마나 나오는지 계산해 줘요. 속일 생각하지 말고요! 내가 맨 먼저 거래한다 하더라도 겁날 거 하나 없으니까. 물론 다른 사람들이 보고 있다고 해도 상관없어요. 어차피 여기 오기 전에 저 사람들이 무슨 짓을 했는지 다 알고 있으니. 하긴, 죄가 될 것도 없지. 조 영감, 어서 풀어 봐요."

하지만 그녀의 친구들은 친절하게도 여자의 보따리가 먼저 풀어지도록 내버려 두지 않았다. 바랜 검정 옷을 입은 남자가 참지 못하고 자신의 전리품을 먼저 들이밀었다. 그렇게 비싼 물건들도 아니었다. 도장 한두 개, 연필꽂이 하나, 소매 단추 한 쌍, 싸구려 브로치 한 개, 그게 전부였다. 노인은 그것들을 하나하나 살펴보고 감정해서 각 물건마다 정한 물건값을 벽에다 분필로 적어 나갔고, 더 나올 물건이 없자 그 값을 모두 더했다.

"이게 자네의 물건값이야. 끓는 물에 나를 집어넣는다고 해도 6펜스 이상은 못 줘! 자, 다음은 누구지?"

다음 차례는 딜버 부인이었다. 침대 시트, 수건, 옷 한 벌, 구식 은제 찻숟가락 두 개, 설탕 집게 한 개, 부츠 몇 켤레가 전부였다. 조 영감은 딜버 부인의 물건값도 같은 방식으로 벽에 적었다.

노인이 말했다.

"난 항상 숙녀한테는 너무 많이 베풀려고 하지. 그게 내 약점이야. 그래서 항상 손해를 본다니까. 이게 당신 물건값이야. 여기서 1페니라도 더 달라고 떼쓴다거나 혹은 물건값에 의심을 품는다면, 후하게 값을 매겼던 걸 후회하고 반 크라운을 깎아버릴 테니 그런 줄 알아."

드디어 첫 번째 여자가 말했다.

"그럼 이제 내 보따리를 풀어 보시구려."

노인은 풀기 편하도록 보따리 앞에 무릎을 꿇고 앉았다. 여러 번 꽁꽁 묶인 매듭을 풀자 묵직하고 검은 천 뭉치가 나왔다.

노인이 말했다.

"아니, 이게 뭐지? 침대 커튼이잖아?"

여자는 낄낄대면서 팔짱을 낀 채 몸을 앞으로 숙이고 말했다.

"맞아요! 침대 커튼."

노인이 말했다.

"설마 그 영감이 누워 있는 자리에서 이 침대 커튼도 모자라 커튼 고리까지 몽땅 떼왔다는 소린 아니겠지?"

여자가 대꾸했다.

"맞아요. 왜, 그러면 안돼요?"

노인이 말했다.

"부자가 될 운명이야. 자네는 반드시 큰 부자가 될 수 있을 거야."

여자가 차갑게 대꾸했다.

"손만 뻗으면 무엇이든 가질 수 있는데, 그런 하찮은 노인네 때문에 못 가진다는 게 말이 안 되죠. 조 영감, 담요에 기름 떨어지잖아요."

노인이 물었다.

"그 영감이 덮고 있던 담요까지 가져온 거요?"

여자가 말했다.

"그럼 누구 거라고 생각했어요? 그거 없다고 춥기나 했겠어요?"

노인이 일손을 잠깐 멈추고 올려다보며 말했다.

"혹시 그 영감탱이 전염병으로 죽은 건 아니겠지! 그렇지?"

여자가 말했다.

"그런 걱정은 하지 않아도 되요. 나는 원래부터 그 영감탱이랑 말도 섞기 싫어했던 사람인데, 행여나 그 영감탱이가 전염병으로 죽었다면 내가 고작 이딴 걸 가져오려고 그놈 곁에서 얼쩡거렸겠어요? 참! 거기 그 셔츠, 눈 크게 뜨고 잘 살펴보세요. 구멍 하나, 실밥 하나 터진 데를 찾을 수 없을 테니. 그건 그 영감이 가지고 있던 물건 중에 가장 상태가 좋은 물건이에요. 내가 아니었으면 아마 지금쯤 없어졌을 걸요."

조 영감이 물었다.

"없어지다니, 그게 무슨 말이야?"

여자가 웃으면서 대꾸했다.

"그 영감이 그 옷을 입고서 땅에 묻혔을 거란 소리죠. 어떤 멍청이가 그 옷을 입혀 놨기에 내가 벗겨 버렸지. 시체한테 옥양목을 안 쓰고 셔츠를 입혀 놓으면, 대체 옥양목은 언제 쓰라는 거지? 시체 싸는 데는 옥양목만 한 게 없죠. 옥양목에 싸였다고 해서 죽은 영감탱이가 더 추해 보이는 것도 아니잖아요."

스크루지는 이 말을 듣고 소름이 끼쳤다. 조 영감의 램프에서 새어 나오는 흐릿한 불빛 아래서 자신들의 전리품을 앞에 두고 모여 앉은 그들을 보면서, 스크루지는 치밀어 오르는 분노와

역겨움을 간신히 진정시켰다. 시체를 팔아먹는 사악한 악마들이라 할지라도 이들보다는 혐오스럽진 않을 것이다!

"히히히!"

조 영감이 돈 가방에서 돈을 꺼내 세 사람에게 줄 물건값을 세는 동안, 처음 여자가 웃기 시작했다.

"보다시피 바로 이게 그 영감탱이의 최후야. 살아 있을 때는 누구 하나 근처에 얼씬도 못하게 하더니만, 그래도 죽어서는 이렇게 우리 돈벌이가 되어 주네! 히히히!"

스크루지는 온몸을 바들바들 떨면서 말했다.

"유령님, 알겠습니다. 이제야 알겠어요, 이 비참한 남자가 겪어야 될 일이 어쩌면 내가 겪어야 될 일이군요. 지금 내 인생이 저리로 흘러가고 있는 거겠죠. 세상에, 이게 대체 무슨 일이람!"

스크루지는 놀라서 뒷걸음질하다가 이미 장면이 바뀐 줄도 모르고 하마터면 침대 모퉁이에 부딪칠 뻔했다. 침대 커튼도 이불도 없는 침대 위에 어떤 물체가 누더기 같은 시트에 덮여 있었다. 그것은 비록 아무 소리도 내지 않았지만 무시무시한 언어로 자신의 실체를 알리고 있었다.

방은 아주 어두웠다. 스크루지는 이곳이 대체 누구의 방인지 알고 싶은 충동을 이기지 못하고 주위를 열심히 둘러보았지만, 너무 어두워서 도무지 알 수 없었다. 밖에서 들어온 희미한 한 줄기의 빛이 침대 위를 밝혀 주었다. 침대 위에는 모조리 약탈당한 채 지켜 주는 사람도, 울어 주는 사람도, 돌봐 주는 사람도 하나 없는 한 남자의 시신이 놓여 있었다.

　스크루지는 유령을 힐끗 쳐다보았다. 유령의 손은 계속해서 시신의 머리 쪽을 향해 가리키고 있었다. 시체를 덮고 있는 누더기 천이 아무렇게나 덮여 있어서 스크루지가 손가락 하나로 살짝만 들어 올리면 바로 얼굴이 보일 것만 같았다. 천을 살짝 들어 올리는 게 크게 어려운 일도 아니고, 또한 이 남자가 누군지 보고 싶은 마음도 있었지만, 스크루지는 지금 당장 옆에 있는 유령을 물리칠 수 있는 능력이 없는 것처럼, 도저히 천을 들어 올릴 만한 기운조차 남아 있지 않았다.

　아, 차디차고, 냉혹하고, 두려운 죽음이여, 여기에 너의 제단을 차려라. 그리고 너의 뜻대로 두려움의 옷을 입고 제단을 장식하라. 이곳은 너의 영역이니! 그러나 사랑과 존경과 영광을 받던 사람에게서 너는 그의 머리카락 한 올도 너의 끔찍한 의도에 의해 바꾸어서는 안 되며, 그의 어떤 모습도 추하게 만들어서도 안 된다. 그의 손이 그 무게를 이기지 못해 떨어지는 일은 없을 것이고, 그의 심장과 맥박도 결코 멈추는 일은 없을 것이다. 그 손은 베풀기를 좋아했고, 그 심장은 용감하고 따뜻하고 부드러웠으며, 그 맥박은 인간다웠다. 쳐라! 환영이여, 쳐라! 그리하여 그 상처에서 선행이 솟아나와 영원의 삶이 넘치는 세상을 만드는 씨앗을 뿌리게 하라!

어느 누구도 스크루지에게 이런 말들을 해준 적이 없었지만, 스크루지가 침대를 내려다보는 순간 이 소리가 귀에 들리는 것만 같았다. 스크루지는 문득 이런 생각이 들었다. 만약 이 남자가 다시 몸을 일으킬 수만 있다면, 가장 먼저 무슨 생각을 할까? 탐욕? 어려운 계약? 골치 아픈 걱정거리? 저 부유한 남자가 이런 식의 죽음을 맞이한 것도 다 이런 것들 때문이리라!

시체는 컴컴하고 텅 빈 집에 누워 있었다. 당신에게 받았던 따뜻한 말 한 마디, 소중한 추억들 때문에 명복을 빌어 주겠다고 하는 남자 하나, 여자 하나, 어린아이 하나 없었다. 그저 고양이 한 마리가 문을 긁어 대고, 난로 바닥에는 쥐들이 찍찍 대고 있을 뿐이었다. 이 죽음 같은 방에서 저들은 도대체 무엇을 바라고 있는 것이며, 왜 저리도 불안에 떨며 제대로 쉬지도 못하고 있는 것일까. 스크루지는 도저히 짐작조차 할 수 없었다.

스크루지가 말했다.

"유령님, 이곳은 너무 소름 끼치는 곳입니다. 여길 떠나더라도 이곳에서 얻은 교훈은 절대 잊지 않겠습니다. 그러니 어서 여기에서 벗어나기를 원합니다. 어서요!"

그러나 여전히 유령의 손은 미동도 하지 않고 시체의 머리를 가리키고 있었다.

"당신이 무엇을 원하시는지 이해했습니다. 제가 할 수만 있다면 그 뜻을 반드시 실천하겠습니다. 하지만 유령님, 저는 지금 힘이 하나도 없습니다. 힘이 하나도 없어요."

그러자 유령이 스크루지를 쳐다보는 듯했다. 스크루지는 몹시 고통스러웠다.

"만약 이 마을에 저 남자의 죽음으로 마음이 움직인 사람이 있다면 제가 그 사람을 꼭 봤으면 합니다. 유령님, 제 간절한 부탁입니다."

유령은 스크루지 앞에서 검은 옷자락을 잠시 날개처럼 펼쳤다가 다시 접었다. 그러자 어떤 부인과 어린아이들이 있는, 햇살이 가득한 방이 나타났다.

부인은 누군가를 걱정하며 방 안을 이리저리 움직였다. 아주 작은 소리에도 깜짝 놀라며 창밖을 내다보기도 하고, 한동안 시계를 뚫어지게 바라보기도 했다. 바느질에 집중해 보려고도 했으나 손에 잡히지 않는 듯했고, 이제는 아이들이 노는 소리 마저 귀에 거슬리는 듯 보였다.

마침내 부인이 그토록 기다리던 노크 소리가 들렸다. 부인은 서둘러 문으로 달려 나가 남편을 맞았다. 남편은 꽤 젊었지만, 근심과 걱정, 삶의 무게가 고스란히 얼굴에 묻어 났다. 하지만 지금 남편의 얼굴에는 기쁨과 환희가 느껴졌다. 그러한 자신의 마음을 들킨 것만 같은 부끄러움에, 감정을 애써 감추기 위해 자기 자신과 투쟁하는 듯한 표정이었다.

남편은 아내가 난롯가에 차려 놓은 저녁상에 가서 앉았다. 부인이 남편에게 새로운 소식이 없냐고 묻자(부인은 오랜 침묵이 흐르고 난 뒤에 겨우 물어보았다), 남편은 무슨 대답을 해야 할지 난감해하는 눈치였다.

부인은 남편의 대답을 도와주려는 듯 다시 물었다.

"좋은 소식이에요? 나쁜 소식이에요?"

남편이 대답했다.

"나쁜 소식이오."

"이제는 완전히 끝난 건가요?"

"아니, 아직까진 희망은 있소, 캐롤라인."

아내는 황당하다는 듯 말했다.

"만약 그 영감의 마음이 누그러진다면 희망이 있다고 할 수 있 겠지만, 기적이 일어나지 않는 이상 절대 그럴 리가 없잖아요."

남편이 말했다.

"마음이 누그러지기에는 늦었소. 이미 죽었으니까."

만약 얼굴 표정이 진심을 드러내는 것이라면, 부인은 느긋하고 인내심 많은 사람이라고 할 수 있을 것이다. 하지만 그 소식을 듣 자 마음 속으로는 정말 잘된 일이라고 생각했다. 급기야 손뼉까 지 치며 차라리 잘된 일이라고 말했다. 그러다 곧바로 하느님께 용서를 빌며 후회했지만, 처음에 그녀가 느꼈던 감정은 분명 진 심이었다.

"내가 일주일만 여유를 달라고 부탁하러 영감을 찾아갔을 때 술 취한 여자가 내게 뭐라고 했다고 어젯밤에 말했잖소? 나는 그때 그 여자가 나를 따돌리려고 꾸며 댄 이야기라고 생각했는데, 그 말이 사실이었어. 영감은 아픈 게 아니라 정말로 죽어 가고 있었던 거야."

부인이 물었다.

"그럼 우리 빚은 누구한테 넘어가는 거예요?"

"나도 모르겠소. 하지만 넘어가기 전에 어떻게든 그 돈을 마련해야지. 만약 돈을 마련하지 못한 상태에서 그 영감보다 더 지독한 채권 인수자가 나타난다면 우린 더 힘들어질 테니까. 캐롤라인, 그래도 오늘 밤은 마음 편히 잘 수 있겠어."

그랬다. 아무리 누르려 해도 자꾸만 마음이 가벼워지는 것은 어쩔 수가 없었다. 아빠와 엄마의 대화가 무슨 말인지 알아듣지도 못하는 어린아이들도 덩달아 얼굴이 밝아졌다. 그 남자의 죽음으로 이 가정은 더욱 행복해졌다. 그 남자의 죽음으로 유령이 스크루지에게 보여 줄 수 있는 사람들의 감정은 기쁨 한 가지였다.

스크루지가 말했다.

"그 남자의 죽음을 동정하는 사람들을 보고 싶습니다. 그렇지 않으면 방금 우리가 나온 방이 제 눈앞에서 영원히 사라지지 않을 것만 같으니까요."

유령은 스크루지를 데리고 눈에 익은 거리로 이곳저곳 데려 갔다. 함께 다니는 동안 스크루지는 자신의 모습을 찾으려고 열심히 둘러보았지만 찾을 수가 없었다. 그들은 가난한 밥 크 래치트의 집으로 들어갔다. 스크루지가 전에 본 집이었다. 그 집 난롯가에는 부인과 자녀들이 둘러앉아 있었다.

조용했다. 너무 조용했다. 언제나 시끄럽게 굴던 크래치트 남 매도 구석에 동상처럼 꼼짝 않고 앉아서, 손에 책을 들고 있는 피터를 바라보았다. 아내와 딸들은 열심히 바느질을 하고 있었 지만, 이상하게 느껴질 만큼 그들은 말이 없었다.

"그리고 예수는 어린아이를 불러 사람들 가운데로 앉히시고."

저런 말들을 어디서 들었던 적이 있었던가? 분명 꿈에서 들 은 말은 아니었다. 스크루지와 유령이 문턱을 넘어가는 순간, 피터가 소리 내어 읽고 있었던 게 분명했다. 그런데 왜 계속 읽 지 않을까?

부인은 하고 있던 바느질감을 테이블 위에 올려 두고는 손으 로 얼굴을 감싸 쥐었다.

부인이 말했다.

"이 색깔 때문에 눈이 아프구나."

그 색깔 때문에? 검은색 때문에 눈이 아프다고? 아, 우리 막내 팀이 가엾게도!

크래치트 부인이 말을 이었다.

"이제는 좀 괜찮아졌다. 촛불 아래서 일을 했더니 시력이 좀 나빠진 거 같구나. 너희 아버지께 이런 모습은 보이고 싶지 않은데 말이야. 이제 곧 오실 시간이구나."

피터가 책을 덮으며 말했다.

"벌써 지났어요. 요즘은 아버지께서 예전보다 발걸음이 많이 느려지신 것 같아요, 어머니."

다시 침묵이 이어졌다. 한차례 망설이기는 했지만 크래치트 부인이 마침내 밝은 목소리로 말을 이었다.

"예전 너희 아버지께서 일을 마치시고 돌아오셨을 때는 말이야, 그러니까 어깨에 막내 팀을 목말 태우고 오셨을 때는 걸음이 아주 빠르셨지."

피터가 소리쳤다.

"정말로 그랬어요."

다른 아이들도 덩달아 소리쳤다. 그들 모두가 알고 있었다.

"맞아요, 맞아."

그래치트 부인은 다시 바느질에 집중하며 말했다.

"팀은 아주 가벼웠어. 그리고 아버지는 팀을 무척이나 사랑하셨기 때문에 조금도 무겁게 느끼지 않으셨을 거야. 애들아, 아버지 오셨나 보다."

부인은 서둘러 남편을 맞으러 나갔다. 목도리를 두른 채 축 처진 밥(불쌍한 친구 같으니, 이제 그에게는 목말을 태워 줄 아이가 없어졌기 때문에 정말로 목도리가 필요했다)이 들어왔다. 벽난로 위에는 그를 위한 따뜻한 차가 준비되어 있었고, 모든 식구가 최선을 다해 밥을 시중을 들려고 애썼다. 그때 어린 크래치트 남매가 밥의 무릎 위에 올라앉아 조그만 뺨을 아빠의 뺨에 비벼 댔다. 마치 "아빠, 마음 아파하지 마세요. 슬퍼하지 마세요." 하며 위로하는 듯했다.

아이들 덕분에 기분이 나아진 밥은, 가족에게 쾌활하게 말을 걸었다. 테이블 위에 놓인 바느질감을 보더니, 바지런하고 능숙한 아내와 딸들의 바느질 솜씨를 칭찬했다. 솜씨가 너무 뛰어나 일요일이 되기도 전에 일찍 끝낼 수 있을 것 같다고 했다.

아내가 물었다.

"일요일이라고요? 그렇다면 당신, 오늘 다녀온 거로군요?"

"그래, 여보. 당신도 같이 갔으면 좋았을 텐데. 그곳이 얼마나 푸른지 당신도 봤으면 정말 좋아했을 거야. 하지만 앞으로 당신도 자주 가볼 수 있을 것 같아. 왜냐하면 내가 일요일마다 찾아가겠다고 그 아이와 약속했으니까. 아, 불쌍한 내 아들, 불쌍한 내 아들."

그는 한번에 무너져 버렸다. 차오르는 슬픔을 주체할 길이 없었다. 만약 슬픔을 참을 수만 있다면 아마 지금보다 훨씬 이별하기가 수월했을 것이다.

그는 방에서 나와 계단을 따라 이층에 있는 방으로 올라갔다. 그 방은 불이 환하게 켜져 있었고, 크리스마스 장식이 달려 있었다. 아이 바로 곁에는 의자가 놓여 있었고, 최근 누군가가 그 의자에 앉았던 흔적들도 찾을 수 있었다. 가엾은 밥은 의자에 앉아 잠시 생각에 잠겼다가 스스로 마음을 차분하게 가라앉혔다. 아이의 작은 얼굴에 입을 맞추고는, 자신에게 일어난 일들을 겸허하게 받아들이고서, 다시 행복해진 마음으로 계단을 내려왔다.

그들은 난롯가에 둘러앉아 이야기를 나누었다. 아내와 딸들은 여전히 바느질 중이었다. 밥은 가족에게 스크루지 영감의

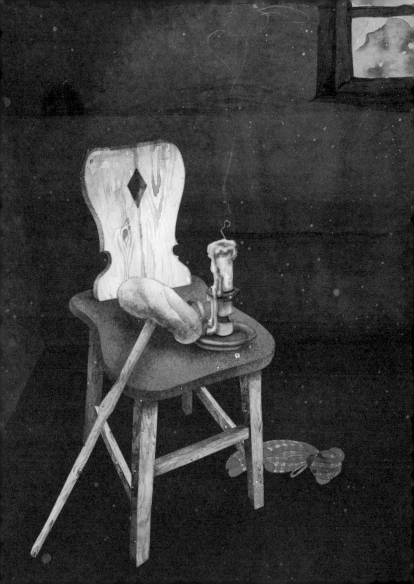

조카는 아주 친절한 사람이라고 말했다.

"만난 적은 한 번밖에 없지만, 오늘 길에서 우연히 마주쳤을 때 조금 힘이 없어 보인다며 무슨 걱정이라도 있느냐고 물어보더라고. 그가 진심으로 걱정해 주는 것이 느껴졌기 때문에 우리 가족에게 있었던 일을 스크루지 조카에게 털어놨더니, '정말 마음이 무겁습니다. 어떻게 위로를 드려야 할지 모르겠습니다, 크래치트씨. 당신의 훌륭하신 부인께도 위로의 말씀을 전해 주세요.'라고 말하는 거야. 그건 그렇고, 그 사람이 어떻게 그 사실을 알았을까?"

크래치트 부인이 물었다.

"뭘 말이에요?"

밥이 대답했다.

"당신이 훌륭한 아내라는 거."

피터가 말했다.

"그건 누구나 다 아는 사실이에요."

밥이 큰 소리로 말을 이었다.

"당연히 그렇단다, 내 아들! 다른 사람들도 알아준다니 너무 기쁘구나. 참, 그리고는 스크루지 조카는 자신의 집을 알려 주며 '도움이 필요하시면 언제든지 찾아와 주십시오. 꼭 도와드리고 싶습니다.'라고 말했어. 그 사람이 꼭 우리를 위해 무언가 해주길 바라는 건 아니지만, 나는 그의 진심에서 우러나오는 그 고운 마음이 너무 고마웠어. 그는 꼭 우리 막내아들을 잘 아는 사람처럼 안타까워했지."

크래치트 부인이 말했다.

"그는 정말 좋은 사람인 것 같아요."

"당신이 그를 직접 만나서 이야기를 나눠 보면 그 생각이 더욱 확고해질 거야. 아마도 그가 우리 피터를 위해 일자리를 주선해 줄 것 같은 생각도 들어."

크래치트 부인이 말했다.

"피터, 아버지 말씀 잘 들어 둬라."

그러자 딸아이 중 하나가 소리쳤다.

"그렇게 되면 피터 오빠도 예쁜 부인 만나서, 집 떠나서 따로 살겠네."

피터는 수줍은 듯 웃으며 대꾸했다.

"쓸데없는 소리 하지 마."

밥이 말했다.

"쓸데없는 소리가 아냐. 아직은 멀었지만 언젠가는 너도 독립을 하게 될 거야. 우리가 언제 어떻게 헤어지든 우리 가족이 가없는 막내 팀과 경험한 첫 번째 이별은 절대로 잊지 않기로 하자. 알겠지?"

아이들 모두 입을 모아 대답했다.

"절대로 잊지 않을 거예요, 아버지!"

밥이 말했다.

"그래 나도 너희들이 절대로 잊지 않을 거라고 믿는다. 그리고 얘들아, 한 가지만 더 기억해 두도록 하자. 우리 막내는 아주, 아주 작은 꼬마였지만, 그 아이가 얼마나 참을성 많고 온순했었는지 다들 잘 알거야. 우리가 서로 쉽게 다투거나 시기해서 불쌍한 팀이 가졌던 그 마음까지 잊어버리는 일은 절대로 없도록 하자."

식구들은 또다시 입을 모아 외쳤다.

"네! 절대로 잊지 않을 거예요!"

더욱 왜소해 보이는 밥이 말했다.

"너무 행복해, 나는 정말로 행복한 사람이야."

크래치트 부인이 남편에게 입을 맞추자, 그의 딸들도 그에게 입을 맞추었다. 어린 남매도 그에게 입을 맞추었고, 피터는 아버지와 악수를 나누었다. 막내 팀의 영혼이여, 너의 순수함은 정말 하느님으로부터 물려받은 것이 분명하구나!

스크루지가 물었다.

"유령님, 어쩐지 우리가 헤어져야 할 시간이 가까워졌다는 생각이 드는군요. 제 말이 맞는지 아닌지는 잘 모르겠습니다만, 이제는 말해 주십시오. 아까 우리가 봤던 시체가 누구였습니까?"

미래의 크리스마스 유령은 스크루지를 데리고 처음에 왔었던 상인들이 모여 있는 장소로 갔다. (하지만 처음에 왔을 때와는 다른 시간대인 것 같았다. 사실 유령이 보여 준 미래의 장면들은, 처음부터 시간적 순서는 없는 것처럼 느껴졌다) 어디에도 스크루지 자신의 모습은 보이지 않았다. 유령은 멈추지 않고 계속 앞으로, 앞으로 달려갔다. 스크루지가 도중에 잠시만 멈춰 달라고 애걸하고 나서야 유령은 가던 길을 멈췄다.

"우리가 지금 지나치고 있는 이 골목에는 제가 예전부터 일해 오던 제 사무실이 있어요. 그 건물이 보여요. 제가 미래에 어떤 모습일지 보게 해 주십시오."

유령은 멈춰 서서 손으로 다른 곳을 가리켰다.

스크루지가 물었다.

"건물은 저쪽인데, 왜 다른 곳을 가리키십니까?"

그러나 유령의 손가락은 조금의 흔들림도 없었다.

스크루지는 서둘러 자신의 사무실 창문으로 달려가서 안을 들여다보았다. 그곳은 여전히 사무실로 쓰이고 있었지만 자신의 사무실은 아니었다. 가구도 완전히 달랐고, 의자에 앉아 있는 사람도 자신이 아니었다. 유령의 손가락은 여전히 처음처럼 변함없이 한 곳만을 가리키고 있었다.

스크루지는 할 수 없이 다시 유령에게 되돌아왔다. 스크루지는 미래에 자신이 왜 없으며, 어디에 갔는지 미치도록 알고 싶었으나, 그저 묵묵히 유령의 뒤를 따랐다. 이윽고 어느 철문이 나오자 스크루지는 그곳에 들어가기 전에 잠시 걸음을 멈추고 주위를 둘러보았다.

교회 묘지였다. 그렇다면 이곳에, 비참한 최후를 맞이한 그 남자가 땅속에 누워 있을 것이다. 이곳은 매우 무시무시한 장소였다. 영원의 집들로 벽을 삼고, 생명이 아니라 죽음을 먹고 마시며 무성하게 자라난 이름 모를 식물들과 셀 수 없이 묻혀 있는 시체들만으로도 숨이 턱턱 막히는 곳, 시체를 먹고 어마어마하게 살찐 땅, 참으로 소름 끼치는 장소가 틀림없다!

유령은 무덤들 사이에 서서 어느 한 곳을 손가락으로 가리켰다. 스크루지는 바들바들 떨면서 그곳을 향해 걸어갔다. 유령의 모습은 평소와 전혀 다를 것이 없었지만, 오히려 유령의 그런 모습 속에 또 다른 의미가 있는 것 같아서 스크루지는 더욱 바들바들 떨었다.

스크루지가 말했다.

"유령님, 제가 유령님이 가리키는 곳으로 가기 전에 한 가지만 여쭙겠습니다. 지금 우리가 보고 있는 환영들이 미래에 반드시 일어나는 일들입니까, 아니면 일어날 수도 있는 일들입니까?"

유령은 아무 대답 없이 어느 한 무덤을 가리키고 있을 뿐이었다.

스크루지는 말을 이었다.

"사람이 살아가는 모습들을 보면 그 인생의 끝을 예견할 수 있습니다. 누구나 계획한 길로 꾸준히 살아가다 보면 반드시 그 길의 끝에 도달하기 마련이고요. 하지만 그 길을 벗어나면

그 사람의 마지막 모습도 충분히 달라질 수 있다고 생각합니다. 지금 우리가 보고 있는 모든 환영들도 그럴 수 있는 것이라고 말씀해 주십시오."

유령은 여전히 미동도 없었다.

스크루지는 벌벌 떨며 유령의 손가락이 가리키는 무덤 쪽으로 천천히 기어갔다. 그리고 묘비에 적혀 있는 이름을 읽었다. "에비니저 스크루지."

스크루지는 무릎을 꿇고 주저앉으며 울부짖었다.

"그럼 그 침대에 누워 있던 남자가 바로 저란 말입니까?"

무덤을 가리키던 유령의 손가락이 스크루지 쪽을 가리키더니 다시 무덤 쪽으로 되돌아갔다.

"안 됩니다. 유령님! 제발, 안 돼요, 안 돼!"

손가락은 여전히 무덤을 가리키고 있었다.

스크루지는 유령의 옷자락을 붙들고 소리치며, 애원했다.

"유령님, 제발, 제 말 좀 들어 보세요. 전 이제 과거의 제가 아닙니다. 제가 여러 유령님들을 만나지 못했다면 예전 모습을 버리지 못했을 테지만, 이제는 아닙니다. 저에게도 작은 희망이 있기 때문에 이런 환영들을 보여 주신 거잖아요?"

처음으로 유령의 손이 떨리는 것처럼 보였다.

스크루지는 유령의 발 앞에 엎드려서 간곡히 애원했다.

"인자하신 유령님, 제발 저를 불쌍히 여기셔서 당신의 성품으로 저를 좀 구해 주세요. 그리고 제가 새사람으로 다시 태어난다면, 이제껏 봤던 모든 환영들도 새롭게 바꿔 나갈 수 있다고 약속해 주십시오."

유령의 자비로운 손이 심하게 떨렸다.

"이제부터는 크리스마스의 의미를 마음에 새기고, 일 년 내내 그 의미를 지키고 살겠습니다. 과거, 현재, 미래의 유령님의 뜻대로 살겠습니다. 그리고 세 분의 유령님께서 저에게 주신 교훈들을 절대로 잊지 않겠습니다. 오, 그러니 제발 이 비석에 적힌 제 이름을 지워 주겠다고 말씀해 주십시오."

스크루지는 괴로워하며, 유령의 손을 움켜잡았다. 유령은 그 손을 뿌리치려 했으나, 스크루지는 더욱 간절한 마음으로 그 손을 놓지 않으려고 애썼다. 하지만 스크루지보다 기운이 강한 유령은 결국 그 손을 뿌리쳤다.

스크루지가 자신의 운명을 바꿀 수 있게 도와달라며 간절히 두 손 모아 마지막 기도를 하는 동안, 스크루지는 유령이 걸친 망토가 서서히 변해 가고 있는 것을 보았다. 결국 유령의 형상은 쪼그라들며, 무너지기 시작하더니, 마침내 침대 기둥이 되어 버렸다.

05
모든 꿈이 끝나고

그렇다! 유령의 모습에서 바뀌어 버린 침대 기둥은 확실히 스크루지의 것이었다. 침대도, 방도 모두 스크루지의 것이었다. 하지만 무엇보다 행복한 사실이 하나 있다면, 아직 자신의 인생을 바로잡을 시간이 남아 있다는 것이다!

스크루지는 침대 밖으로 나오면서 중얼거렸다.

"앞으로는 과거, 현재, 미래의 크리스마스 유령님들의 가르침대로 살겠습니다! 내 안에서 세 유령님들이 항상 계신다고 믿겠습니다. 이봐, 제이콥 말리! 내가 지금 이렇게 무릎을 꿇고 하늘에 계신 하느님과 크리스마스를 찬양하고 있네. 이렇게 무릎을 꿇고 말이야!"

스크루지는 가슴속에 넘치는 선한 마음을 통제할 수가 없었지만 심하게 갈라진 목소리 때문에 무슨 말인지 알아듣기도 힘들 지경이었다. 게다가 간밤에 너무도 간절하게 애원하는 바람에 얼굴은 눈물범벅이 되어 있었다.

스크루지는 침대 커튼을 끌어안으며 말했다.

"아직 찢어지지 않았어. 고리도 커튼도 모두 멀쩡해. 모든 것이 그대로야. 그리고 나는 지금 여기 있어. 그렇다면 나의 암울한 미래 따위 모두 쫓아 버리겠어. 반드시 그렇게 될 거야. 내가 그렇게 만들 거야!"

그러는 동안 스크루지는 내내 옷을 붙들고 있었다. 뒤집어 입었다가, 거꾸로 입었다가, 찢기도 하고, 엉뚱한 곳에 두었다가, 정신이 없었다.

스크루지는 웃다가 울다가 하더니, 자신의 긴 양말을 가지고 자신의 몸을 친친 감으며 완벽한 라오콘 군상(트로이 전쟁 때 신의 노여움을 사 포세이돈이 보낸 큰 뱀에게 친친 감겨 질식당해 죽으려고 하는 라오콘과 두 아들의 마지막 고통을 연출한 조각: 옮긴이)을 재현했다.

스크루지가 외쳤다.

"뭘 해야 할지 모르겠어! 난 지금 새털처럼 마음이 가볍고, 천사처럼 행복하고, 어린아이처럼 즐거워. 술 취한 사람처럼 약간 어지럽기도 하고. 여러분! 모두 메리 크리스마스! 새해 복 많이 받으시오! 어이, 안녕하신가!"

스크루지는 껑충껑충 뛰어다니며 가쁜 숨을 몰아쉬었다.

"죽 냄비가 저기 있었지!"

스크루지는 이렇게 소리치며 다시 껑충껑충 뛰어 난롯가로 갔다.

"저곳은 제이콥 말리의 유령이 들어온 문이군! 저기 저 구석 자리는 현재의 크리스마스 유령이 앉아 있던 자리고! 저 창문으로는 떠돌아다니는 유령들이 보였었어! 맞아, 틀림없어. 전부 사실이야. 정말로 일어난 일이라고. 하하하!"

정말이다. 수년 동안 웃는 연습을 하지 않은 사람치고는 꽤나 멋진 웃음이었다. 아주 호탕하면서도, 기분까지 좋아지는, 후손에게 물려줘도 손색없는 웃음소리였다.

스크루지가 말했다.

"오늘이 며칠인지 모르겠군. 유령님들과 얼마나 오랫동안 지냈는지 모르겠단 말이야. 도대체 아무것도 모르겠어. 마치 아기가 된 것처럼. 그래도 괜찮아. 상관없어. 차라리 다시 아기가 되었으면 좋겠어. 어이! 이봐요! 안녕하시오!"

스크루지는 지금껏 들어보지 못한 힘찬 교회 종소리를 듣고서야 황홀경에서 깨어났다. 댕, 댕, 댕, 댕! 오, 참으로 거룩하고, 거룩하도다!

스크루지는 창가로 달려가서 창문을 열고 고개를 내밀었다. 안개도 걷히고 우중충하지도 않았다. 맑고, 밝고, 상쾌하고, 활기차며, 추운 날씨였다. 온몸에 피가 춤을 출 정도로 추운 날씨였다. 쏟아져 내리는 금빛 태양, 천국을 닮은 높은 하늘, 달콤하고 상쾌한 공기, 즐거운 종소리. 오, 참으로 거룩하고, 거룩하도다!

단정하게 차려입은 사내아이가 지나가자 스크루지가 소리쳤다.

"애야, 오늘이 며칠이냐?"

소년은 어리둥절한 얼굴로 되물었다.

"네?"

"꼬마 친구, 오늘이 며칠인지 알 수 있을까?"

"오늘이요? 크리스마스잖아요."

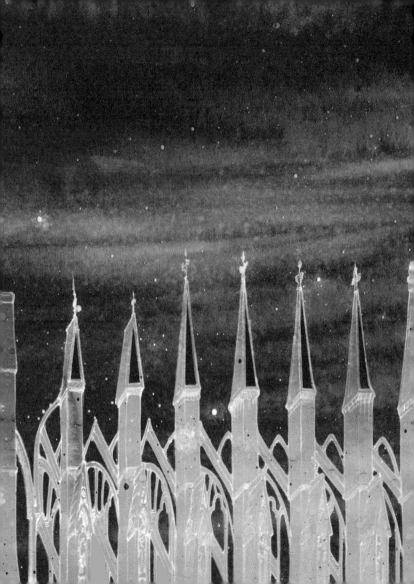

스크루지가 혼자 중얼거렸다.

"크리스마스라고! 아직 늦지 않았어. 유령님들께서 하룻밤 사이에 그 모든 걸 보여 주신 거군. 충분히 그럴 만한 능력이 있으신 분들이니까. 암, 물론이지. 어이, 꼬마 친구."

"왜요?"

"너 혹시 골목 하나 지나서 두 번째 골목길 모퉁이에 있는 푸줏간을 알고 있니?"

"당연히 알죠."

"녀석, 제법 똑똑한 아이구나! 영리한 녀석이야! 그럼 혹시 그 집에 매달려 있던 최상급 칠면조가 팔렸는지도 알고 있니? 작은 거 말고, 큰 거 말이야."

"저만큼 커다란 칠면조 말씀이시죠?"

"볼수록 똑똑한 녀석이로구나! 물어보길 잘했어. 그래, 그놈 말이다."

"아직 매달려 있어요."

"그래? 그럼 거기 가서 내가 그놈을 사겠다고 전해 주겠니?"

"설마, 농담이시죠?"

"아니, 농담이 아냐. 가서 내가 그놈을 사겠다고 푸줏간 주인한테 전해 주면서 우리 집으로 가지고 오라고도 해다오. 그걸 가지고 오면 어디로 배달할지 일러 주겠다고 주인에게 전해. 주인을 데리고 오면 심부름값으로 1실링을 주마. 만약 5분 안에 오면 반 크라운을 주지."

소년은 총알처럼 뛰어갔다. 누군가 방아쇠에 미리 손가락을 걸어 놓고 있다가 총을 쐈다 한들 이 소년이 뛰어가는 속도의 절반밖에 미치지 못했을 것이다.

스크루지는 두 손을 비비고 키득키득 웃으며 혼자 중얼거렸다.

"이 칠면조를 밥 크래치트 집으로 보내야지. 누가 보냈는지 비밀로 하고 말이야. 아마 크기가 그 집 막내아들 키의 두 배는 될 거야. 조 밀러(18세기 유명한 희극배우: 옮긴이)조차도 내가 칠면조를 밥 크래치트 집으로 보내는 것만큼 웃긴 농담은 못 해봤 겠지?"

주소를 적는 스크루지의 손은 마구 떨렸지만, 그래도 끝까지 다 써냈다. 그리고 아래층으로 내려가 현관문을 열고 푸줏간 주인이 오기만을 기다렸다. 문간에 서서 주인을 기다리는데 현관의 문고리가 눈에 들어왔다. 스크루지는 문고리를 어루만지 며 말했다.

"내가 살아 있는 한, 이놈까지도 아껴 줘야지. 전에는 거들떠
보지도 않았지만, 어쩌면 이렇게 한결같은 표정일까! 정말 멋
진 녀석이야! 어, 저기 칠면조가 오는군. 어이! 안녕하시오! 메
리 크리스마스!"

분명 칠면조인 것은 확실했다. 하지만 몸뚱이가 너무 커서 살
아 있을 때 결코 혼자서 제 발로 서 있지 못했을 것처럼 보였
다. 행여나 제 발로 일어났다 하더라도 밀랍으로 만든 막대기
처럼 똑 부러져 버렸을 것이다.

스크루지가 말했다.

"이거 참, 캠든타운까지 가지고 가기 어렵겠군. 내가 마차를
불러 주겠소."

스크루지는 이렇게 말하면서도 껄껄 웃었다. 칠면조값을 지
불할 때도, 마차 삯을 치를 때도, 소년에게 심부름값을 주면서
도 껄껄 웃었다. 결국 너무 과도하게 웃는 바람에 호흡하기 곤
란한 상황에까지 이르자 스크루지는 의자에 주저앉고 말았다.
급기야는 눈물까지 글썽였다.

스크루지는 면도하는 것조차 쉽지 않았다. 면도는 정신을 집
중시켜야 하는데, 스크루지의 손이 연신 흔들리는 바람에 어려

움이 있었다. 그러나 설령 스크루지가 춤을 추면서 면도를 하다가 코끝을 베인다 하더라도, 반창고 하나 붙이고 훌훌 털어버리면 그만이었을 것이다.

스크루지는 자기가 가지고 있는 옷 중 '가장 좋은 옷'으로 차려입고 거리로 나섰다. 현재의 크리스마스 유령과 함께 봤던 광경대로 사람들이 거리로 몰려나오고 있었다. 스크루지는 뒷짐을 지고 길을 걸으며 만나는 사람들에게 환한 웃음을 선물했다. 다시 말하면, 그가 짓는 지나치게 환한 미소 때문에 지나가던 행인 서넛이 차마 그냥 지나치지 못하고 "좋은 아침입니다, 선생님. 메리 크리스마스." 하고 스크루지에게 인사를 건넬 정도였다. 훗날 스크루지는 종종 그때의 추억을 떠올리며, 그 인사가 자신이 살아오면서 들었던 말 중에 가장 듣기 좋은 소리였다고 고백했다.

조금 더 걷다 보니 어제 자신의 사무실에 찾아와 "여기가 스크루지와 말리의 사무실이 맞습니까?"라고 물어봤던 풍채 좋은 신사가 자기 쪽으로 걸어오는 것이 눈에 보였다. 이 노신사와 마주치게 되면, 그가 나를 어떤 눈으로 바라볼까 하는 생각을 하니 마음이 무거워졌다. 하지만 스크루지는 지금부터 자신

이 해야 할 일들을 잘 알았기에 피하지 않고 그 길로 나아갔다. 스크루지는 걸음을 재촉해 그 노신사에게 다가가 그의 두 손을 잡으며 말했다.

"저기, 선생님. 안녕하십니까? 어제는 성과가 많으셨기를 바랍니다. 찾아와 주셔서 정말 감사했습니다. 즐거운 크리스마스 보내세요."

"스크루지 씨?"

"네. 제가 스크루지입니다. 제 이름이 선생님께 별로 유쾌하지 않다는 건 잘 알고 있습니다. 먼저 선생님께 용서를 구하고 싶습니다. 그리고 제 부탁 좀 들어주시겠습니까?"

스크루지는 신사의 귀에 대고 뭐라고 속삭였다.

"오, 신이시여!"

신사는 자신도 모르게 소리쳤다.

"스크루지 씨, 진심이세요?"

"괜찮으시다면, 꼭 부탁드립니다. 한 푼도 빼지 않고 전부 드리겠습니다. 제가 지금까지 미처 내지 못했던 돈까지 포함되어 있으니까요."

노신사는 스크루지의 손을 잡고 흔들며 말했다.

"스크루지 선생님, 뭐라고 말씀드려야 할지 모르겠습니다. 어떻게 그런 큰돈을……."

"아무 말씀도 안 하셔도 됩니다. 한번 방문해 주십시오. 그래 주실 수 있겠습니까?"

"물론입니다!"

노신사는 큰 소리로 외쳤다. 우렁찬 목소리에서 노신사의 진심이 느껴졌다.

"고맙습니다. 이 은혜 잊지 않겠습니다. 정말 감사합니다. 당신을 축복합니다."

스크루지는 교회에도 가고, 거리를 걷기도 했으며, 바쁘게 오가는 사람들을 한참 동안 구경하기도 했다. 그리고 아이들의 머리를 쓰다듬어 주기도 하고, 거지들과도 대화를 나누었으며, 여느 집의 부엌을 들여다보거나, 다른 집의 창문을 올려다보기도 했다. 스크루지는 이 세상 모든 것이 행복으로 다가올 수 있다는 사실을 깨달았다. 한낱 산책이(혹은 다른 어떤 것이라도) 자신에게 이렇게 큰 행복감을 가져다주리라곤 꿈에도 생각지 못했다. 오후가 되자, 스크루지는 조카의 집으로 발걸음을 옮겼다.

스크루지는 조카의 집 주변에서 수십 번을 서성인 후에야 간신히 현관에 올라서서 문을 두드릴 용기를 냈다. 마침내 마음을 단단히 먹고, 문을 두드렸다.

여자아이가 문을 열었다. 매우 상냥한 아이였다.

"얘야, 주인아저씨 계시니?"

"예, 어르신."

"예의가 바른 아이로구나. 그래, 어디 계시니?"

"마님과 함께 식당에 계세요. 괜찮으시다면, 제가 위층으로 안내해 드리겠습니다."

"고맙다. 난 여기 주인아저씨랑 잘 아는 사이란다."

스크루지는 이렇게 말하고는, 벌써 식당 문고리를 잡고 있었다.

"얘야, 내가 알아서 이쪽으로 들어가마."

스크루지는 문고리를 살며시 돌려 문 사이로 얼굴을 살포시 들이밀었다. 조카 부부는 식탁(가지런히 정리가 되어 있는)을 바라보고 있었다. 젊은 가정주부들은 항상 정리하는 것에 신경을 쓰고, 정돈된 것을 보는 걸 좋아한다.

스크루지가 말했다.

"프레드!"

세상에 이럴 수가, 조카며느리가 얼마나 놀랐겠는가! 그 순간 스크루지는 식당 한 모퉁이에서 조카며느리가 작은 의자에 발을 올려둔 채 쉬고 있다는 걸 깜빡 잊고 있었던 것이다. 그게 아니라면, 이렇게 불쑥 얼굴을 들이밀진 않았을 것이다.

프레드가 소리쳤다.

"아니, 세상에, 이게 누구십니까?"

"나다, 네 외삼촌인 스크루지. 같이 저녁 먹으러 왔단다. 들어가도 되겠니?"

들어가도 되겠냐고! 프레드가 반가움에 삼촌의 팔을 붙잡고 팔이 빠지도록 흔들지 않는 것만으로도 다행일 정도인데. 5분이 지나자 스크루지는 마치 자기 집에 있는 것처럼 마음이 편해졌다. 이보다 더 따뜻한 환대는 없을 것이다. 조카며느리는 스크루지가 봤던 것과 똑같이 생겼다. 방금 들어온 토퍼도 마찬가지고, 통통한 처제도 마찬가지였다. 나머지 모든 사람들도 환영으로 봤던 모습 그대로였다. 황홀한 파티와 황홀한 게임들로 모두들 하나가 되었고, 정말 행복했다.

다음 날 스크루지는 평소보다 빨리 사무실로 출근했다. 무척

이른 시간이었다. 스크루지는 먼저 출근해서 늦게 출근하는 크래치트의 덜미를 잡을 생각이었다.

그렇다. 신기하게도 정말로 스크루지의 생각대로 되었다. 아홉 시가 되어도 밥은 출근하지 않았다. 15분이 흘렀다. 그런데도 밥은 나타나지 않았다. 결국 밥은 18분하고도 30초나 지났을 때 나타났다. 스크루지는 밥이 골방으로 들어가는 것을 지켜보려고 자기 사무실 문을 활짝 열어 놓고 있었다. 밥은 문을 열기 전에 다급하게 모자를 벗고, 목도리를 풀었다. 밥은 지각한 시간을 만회라도 할 것처럼 얼른 자리에 앉아 부지런히 펜을 놀렸다.

스크루지는 자신의 평소 목소리인 냉랭한 목소리로 화난 척 말했다.

"이봐, 지금 몇 신데 이제 출근하나?"

"정말 죄송합니다. 조금 늦었습니다."

"늦었다고? 그래, 정말 늦었지. 나도 알아. 그러니 잠시 이쪽으로 와보게."

밥은 애원하며 자신의 골방에서 나왔다.

"일 년에 딱 한 번입니다. 다시는 이런 일 없게 하겠습니다.

어제 너무 즐겁게 보내는 바람에……."

"이봐, 내가 한 마디 하겠는데, 난 더 이상 이런 꼴 못 봐!"

스크루지는 의자에서 훌쩍 뛰어내린 다음, 손가락으로 밥의 조끼를 쿡 찌르며 말했다. 밥은 비틀거리며 다시 골방으로 들어갔다.

스크루지는 말을 이었다.

"그래서 내가 자네의 급료를 올려 줄 생각이야."

밥은 바들바들 떨면서, 근처에 있는 자를 움켜잡았다. 순간적으로 밥은 그 자로 스크루지를 때려눕힌 다음, 밖으로 끌고 나가, 지나다니는 사람들에게 미친 사람들에게 입히는 옷이라도 가져다달라고 부탁할 생각이었다.

"메리 크리스마스, 밥!"

스크루지는 밥의 어깨를 두드리며 진지하게 말했다. 농담이 아니라 진심으로 하는 말이었다.

"내가 그동안 자네에게 못 해준 게 있다면 이제부터 하나씩 베풀어 주겠네. 난 자네의 봉급을 올려 주고, 고생하는 자네 식구들도 도울 생각이야. 오늘 오후에 김이 모락모락 나는 비숍 (레몬과 설탕을 가미한 따뜻한 포도주: 옮긴이) 한잔 하면서 자네 집

안일에 대해 의논해 보자고. 자, 불을 더 지펴야 하니, 가서 석탄부터 사오게, 밥 크래치트!"

스크루지는 자신이 약속한 것보다 더 많이 베풀었다. 그는 유령과의 약속을 완벽하게 이행했고, 더 많이 실천했다. 그리고 꼬맹이 팀(다행히 죽지 않았다)에게는 양부가 되어 주었다. 스크루지는 자신이 살고 있는 도시는 물론이고, 다른 도시나 마을에서도 인정받는 좋은 친구이자, 너그러운 주인, 선량한 시민으로 알려지게 되었다. 때로는 일부 사람들이 그의 선행을 비웃기도 했으나, 스크루지는 그들이 비웃건 말건 크게 개의치 않았다. 선행은 세상 몇몇 사람들의 비웃음을 동반한다는 사실을 알만큼 스크루지는 현명해져 있었다. 그런 비웃음을 보내는 사람들은 눈뜬장님이나 마찬가지이며 이들에게 비웃음을 받게 되면 한번 웃고 넘어가면 그만인 것이다. 선행을 베푸는 내내 스크루지는 마음이 즐거웠고 그것으로 충분했다.

그 후로 스크루지는 더 이상 유령을 만나지 못했지만, 남은 일생을 욕심을 버리고 살았다. 그리고 크리스마스 정신을 가장 잘 실천한 사람 이야기가 나오면 언제나 그의 이름이 사람들의 입에 올랐다.

진심으로 우리 모두도, 그렇게 불리는 날이 오기를! 그리고 꼬맹이 팀의 말처럼, 우리 모두에게 하느님의 은총이 항상 넘치기를!